Monsignore Jean-Baptiste Schönheit hat eine Leiche im Pfarrgarten und ein Christkind zu wenig in der Sakristei

Hanna Fliegel trägt eine für Obdachlose ungewöhnlich modische Jacke und ist tot

Kriminaloberrat Robert Theiss braucht Ergebnisse, um seinen aufhaltsamen Aufstieg zu befördern

Martina Beinhauser wollte eigentlich gar keinen Knüller schreiben

Monika Ernst hat sich einst wegen eines Mannes weggeworfen

Eva-Maria Meerkatz, MdL erregt sich aus Gründen, die nicht nur politischer Natur sind

Paul Lobensteiner und Georg Schmallenberg verkaufen Informationen für Leberkässemmeln

und *Kriminalrat Benedict Schönheit* sitzt sein Chef im Nacken und ein Kinderwagen fährt ihm immer wieder davon.

1.

Es war grau. Es nieselte. Viele kleine Tropfen vereinigten sich an meinem Schlafzimmerfenster zu Größeren. Warum war ich schon so früh wach geworden? Keine Ahnung. Die Glocken der nahen Kirche war ich gewöhnt, und zur halben Stunde waren es nur zwei Schläge. Trotzdem war halb sieben eindeutig zu früh.

Die warme Bettdecke gab eigenartige Geräusche von sich, als ich sie mir bis zum Kinn zog.

Meine Gedanken schweiften ab. Es war Montag. Um halb elf war die übliche Dienstbesprechung mit dem Chef. Ich habe nie verstanden, warum er darauf bestand, diesen Termin, den er von seinem Vorgänger vor vielen Jahren übernommen hatte, aufrecht zu erhalten. In unserer schnelllebigen Zeit zogen sich Ermittlungen nicht mehr über so lange Zeit hin. Mich hielten diese Konferenzen eher davon ab, meine eigenen Wege zu gehen.

Ich hatte mir durch einige Erfolge in der Vergangenheit den Ruf des erfolgreichen Einzelgängers erworben. Das bringt zwar einen gewissen Freiraum, aber eben auch Neider. Mein Vater hielt es für einen Witz, dass sich sein Jüngster nach dem abgeschlossenen Jurastudium dem Polizistenberuf zuwandte. Er mochte schon das Jurastudium nicht, es hatte sich als Kompromiss ergeben. Ich hätte lieber Philosophie studiert, er wollte die ärztliche Tradition in der Familie fortgesetzt sehen, nachdem, um mit seinen Worten zu sprechen, schon mein Bruder und meine Schwester »aus der Art geschlagen waren«. Jura war zumindest der Garant »für einen anständigen Beruf«. Und jetzt das: Kriminalrat bei der Mordkommission.

Erst war es eine Laune. Ich wollte Ordnung in mein Leben bringen und fand Ermittlungsarbeit von Anfang an herausfordern. Ich kann mich gut in Menschen hineinversetzen und füge gerne Einzelbeobachtungen zu einem logischen Ganzen zusammen.

Aber warum erzähle ich das eigentlich?

Ein grauer, dunkler Morgen … ich erinnerte mich: der Morgen vor einem Jahr war genauso grau, nur kälter. Es war eine merkwürdige Geschichte, die mich durch den letzten Advent begleitete. Sie begann an einem Montag, und das Handy musste genau um diese Zeit geläutet haben.

»Schönheit«, hatte ich gemurmelt.

Doch, ich heiße so, kein Witz. Benedict Schönheit.

»Bist du es, Bene?« So konnte nur mein Bruder fragen.

»Und wer sollte sonst in aller Herrgottsfrüh an mein Handy gehen? Brauchst du einen Messdiener für die Frühmesse? Vergiss es!.«

»Bene, du musst sofort rüberkommen, es ist etwas passiert.«

Mein Bruder hatte Theologie studiert und, um mit Vater

zu sprechen, es zumindest zu etwas gebracht. Als päpstlicher Ehrenkaplan durfte er sich ‚Monsignore' nennen und tat das mit großem Vergnügen. Aber Eitelkeit ist ja eine lässliche Sünde. Er war zurzeit Leiter einer Pfarrei in München Schwabing, wo auch ich lebe.

»Haben sie dir wieder Rosenstöcke aus dem Garten geklaut, oder ist gar jemand in deinen Weinkeller eingestiegen und hat sich des Zweiundachtzigers bemächtigt?« Ich fand es schwer, die Ironie im Zaum zu halten, wenn ich der Probleme meines Bruders gedachte. »Ich kann dir die Telefonnummer der Polizeiinspektion 13 geben, die Kollegen kommen sicher gerne vorbei.«

»Benedict.«

»Ja?«

»Wir haben eine Leiche.«

»Im Keller? Das erstaunt mich nicht. Du arbeitest doch für die Kirche.«

»Hör endlich zu! Wir haben eine tote Frau im Garten liegen.«

»Und warum rufst du nicht die Polizei?«

»Du bist die Polizei, du Depp! Und ich brauche jetzt wirklich deine Hilfe. Das Letzte, was ich brauche, ist das große Tatütata. Komm bitte rüber.«

»Ernsthaft?«

»Ja, ernsthaft. Ich habe keine Ahnung, was ich machen soll. Die Frau sieht aus wie eine Pennerin und ist eindeutig tot.«

»Eine Obdachlose, wolltest du sagen. Und woher weißt du, dass sie tot ist?«

»Weil sie sich nicht rührt und eiskalt ist.«

»Ist sie erfroren?«
»Benedict, bitte, komm her.«
»Schon unterwegs.«

2.

Manchmal hätte ich gerne ein Auto. An diesem Morgen zum Beispiel. Andererseits mochte ich meinen Drahtesel, man kam damit in München schnell voran, und für Notfälle und schlechtes Wetter gab es Taxis oder den Dienst-BMW.

Eingehüllt in zwei Pullover und mit Baskenmütze auf dem Kopf, war ich die Feilitzschstraße runter geschossen und kam kurz nach sieben in Sankt Agathe an. Mein Bruder ging vor der Feuerwehrzufahrt auf und ab und rauchte eine Zigarette. Wenn ich mich richtig erinnerte, versuchte er sich gerade zum siebten Mal, das Rauchen abzugewöhnen.

»Guten Morgen, Jean-Baptiste.«

Die französischen Vornamen waren die Marotte unserer Mutter; sie stammte aus dem Elsass. Benedict, Jean-Baptiste und Marie Claire. Außerdem waren sie schön katholisch.

»Salve, Bene. Danke, dass du so schnell gekommen bist.«

Wir gingen in den kleinen Garten, der zwischen Pfarrhaus und Kirche lag, und in dem mein Bruder versuchte, in einer Ecke Rosen und Küchenkräuter zu züchten. An einer Wand des Pfarrhauses, von der Straße aus nicht einzusehen, lehnte der Körper einer Frau. Sie saß auf einem Mauervorsprung, an die Wand eines kleinen Erkers geneigt. Über einer braunen Cordhose, die ihr fast zu groß war, trug sie einen beigen Strickpullover und eine senfgelbe Jacke, deren Farbe schon fast wieder dem Geschmack der Saison entsprach.

Auf dem Rasen in Hausnähe waren keine Spuren zu erkennen, trotzdem näherte ich mich vorsichtig entlang der Hauswand und fühlte ihren Puls. Es gab keinen, ihre Haut war kalt, die Lippen aschfarben, ihre Augen waren geschlossen. Zu meinem großen Erstaunen hing der leichte Duft eines Parfums in der Luft; ich hatte eher den Geruch von Schweiß und Unsauberkeit erwartet; bisweilen wird man zum Opfer seiner eigenen Vorurteile. Ich stand auf und ging zwei Schritte auf Jean-Baptiste zu.

»Und?«

»Tot. Aber das wusstest du ja schon. Woher weißt du, dass es eine Obdachlose ist?«

»Ich habe sie schon ein paar Mal hier gesehen, oft in Begleitung einer anderen Frau. Sie haben immer einen Kinderwagen dabei.«

»Habt ihr hier viele Obdachlose?«

»Im Sommer mehr als im Winter; dann sitzen oder liegen sie meist auf den Bänken vor der Kirche. Die älteren Gemeindemitglieder haben sich schon darüber aufgeregt - aber wo sollen diese Leute denn hin?«

»Und wie ist sie in den Garten hineingekommen?«

»Gute Frage, Bene. Wir hatten gestern eine feuerpolizeiliche Begehung, und vielleicht hat man vergessen, das Tor abzusperren.«

»Wieso warst du eigentlich schon so früh unterwegs?«

»Mir gingen ein paar Sachen im Kopf herum, ich konnte

nicht schlafen, und als ich aus dem Fenster schaute, sah ich sie da sitzen.«

»Und du wolltest sie auf einen Kaffee hereinbitten.« Ich biss mir auf die Zunge. Jean-Baptiste schaute mich nur an. »Ich werde jetzt die Truppen informieren. Tut mir leid, Jean, aber das lässt nicht vermeiden. Wir machen es ohne großen Lärm, versprochen.«

Innerhalb von zwanzig Minuten waren die Kollegen vom Kriminaldauerdienst da, die Spurensicherung und der diensthabende Rechtsmediziner. Nach einer kurzen Weile kam er zu Jean-Baptiste und mir herüber und fragte: »Herr Schönheit?«

Als wir uns beide umdrehten, war er im ersten Moment erstaunt, aber ich stellte das schnell klar: »Mein Bruder Jean-Baptiste, der Pfarrer von Sankt Agathe.«

Dr. Orthuber unterrichtete uns und die Kollegen, die dazu getreten waren, dass die Tote vermutlich zwischen zwei und drei Uhr nachts verstorben sei.

»Und?«

»Tot durch Gewalteinwirkung, man hat ihr den Schädel eingeschlagen.«

Ich hätte fast gelächelt. Üblicherweise sprachen unsere Rechtsmediziner immer von stumpfer Gewalteinwirkung, aber Orthuber war schon zu lange im Geschäft, um sich hinter solchen Phrasen zu verstecken.

»Warum hat man kein Blut gesehen?«

»Das dürfen Sie eher die Damen und Herren von der Spurensicherung fragen. Ich denke, sie wurde nicht hier umgebracht. Man hat ihr mit einem kantigen Gegenstand mit großer Wucht auf den Hinterkopf geschlagen.«

»Einen Unfall schließen Sie aus?«

Er lächelte müde. »Sofern Sie nicht dort, wo sie lag, eine scharfe Kante auftun, die mir entgangen ist, ja. Was am eigentlichen Tatort passiert ist, entzieht sich meiner Kenntnis.«

»Vielen Dank, Herr Doktor.«

»Meinen Bericht bekommen sie im Verlauf der nächsten Tage.«

»Bitte so schnell …«

Er vollendete meinen Satz, »… wie möglich. Ich weiß.«

Die Kollegen vom Kriminaldauerdienst schauten mich an. Ich war mir nie sicher, ob ein gewisser Respekt in ihren Blicken lag, oder ob sie nur den als etwas sonderlich geltenden Kriminalrat in Pullover und Baskenmütze betrachteten.

»Ich denke, das ist eine Sache für das K11. Ich wäre Ihnen dankbar, wenn Sie hier die Stellung halten könnten, bis die Kollegen eintreffen.«

»Geht klar, Herr Kriminalrat.«

Ich wandte mich zum Gehen.

»Benedict?« Mein Bruder berührte mich am Arm. »Wie geht das jetzt weiter?«

»Ich muss erst einmal zu unserer Wocheneingangsbesprechung, und dann sehen wir weiter. Ich schicke Kollegen vorbei, die sich um alles kümmern und dich, deine Mitarbeiter und die Nachbarn befragen werden. So leid es mir tut, Jean, aber das läuft jetzt auf normale Polizeiarbeit hinaus, und da wird sich ein gewisses Aufsehen nicht vermeiden lassen. Du solltest deine Vorgesetzten informieren, keine Ahnung wie das bei euch läuft. Außerdem bin ich sicher, du wirst auch die Presse bald auf der Matte haben.«

»Morgen, Herr Schönheit, guten Morgen, Herr Pfarrer.«

Wenn man vom Teufel sprach … Der widerspenstige, rote Haarschopf von Martina Beinhauser kam auf uns zu gewirbelt. Einer der Kollegen wollte sie sofort hinauskomplimentieren, aber ich wusste, was das für Folgen haben konnte. »Die Beinhauserin«, wie sie in der Szene hieß, arbeitete für eine der beiden Münchner Boulevardzeitungen und wurde wegen ihrer Hartnäckigkeit und ihrer frechen Schreibe bewundert und gefürchtet.

»Lassen Sie nur, Herr Kollege. Ich spreche kurz mit ihr.«

»Morgen, Frau Beinhauser.«

Ich führte sie sanft aber bestimmt, mit Jean-Baptiste im Schlepptau, von der Fundstelle der Toten weg, ärgerte mich darüber, dass wir den Tatort nur ungenügend gesichert hatten, und erklärte ihr kurz den Sachverhalt.

»Das wird keine große Sache, Frau Beinhauser. Ich kann Ihnen vermutlich heute Nachmittag ein wenig mehr dazu sagen.«

Sie lächelte. Wir hatten uns immer gut verstanden. Sie respektierte meine Arbeit, wie ich die ihre.

»Ich würde aber gerne noch ein Wort mit dem Herrn Pfarrer sprechen.«

Jean-Baptiste rang die Hände. »Aber, liebe Frau Beinhauser, ich kann doch nach einem so großen Schock unmöglich …«

Ich grinste die Beinhauserin verstohlen an. Dafür war er ja Monsignore, er würde sich da schon herauswinden.

»Ich muss jetzt los. Bitte gehen Sie aber aus dem Garten heraus, es handelt sich um einen Tatort.«

3.

Die Besprechung war schnell vorbei gewesen. Anfang Dezember war es eher ruhig in München, zumindest für unser Dezernat. Die Kollegen bei der Straßenkriminalität hatten deutlich mehr Arbeit; die zahlreichen Weihnachtsmärkte lockten viele ungebetene Gäste mit langen Fingern an.

Ich hatte kurz von der Toten berichtet, Robert Theiss, der Leiter der Mordkommission wie die Presse immer schrieb, meinte, ich sollte mich weiter darum kümmern. »Sie haben ja sonst nichts zu tun.«

Theiss und ich mochten einander nicht sonderlich. Er war der Nachfolger von Kriminaloberrat Odenthal, der dieses Dezernat sechzehn Jahre geführt hatte und ein wirklicher Kriminalist war. Ein Mann mit einem Ohr für Zwischentöne, der trotz allem, was er gesehen hatte, an gewissen Idealen festhielt. Theiss hatte als Streifenbeamter angefangen und sich hochgedient. Ich respektierte das, aber wie soll ich es ausdrücken? Ich empfand ihn als eher engstirnig. Gewiss, wenn er einmal auf einer Fährte war, ließ es nicht mehr los – es interessierte ihn allerdings auch nicht, ob es unter Umständen die falsche Fährte war.

Der Nieselregen hatte aufgehört und ich fuhr nach Schwabing zurück. Mein Handy machte sich in der Jackentasche bemerkbar, aber es würde warten müssen. Es war mittlerweile kurz nach eins und ich verspürte einen gewissen Hunger. Sollte ich mich bei meinem Bruder einladen? Besser nicht. Er hatte zurzeit keine Haushälterin und war derjenige von uns drei Geschwistern, dem die Mutter am wenigstens von ihren Kochkünsten mitgegeben hatte. Jean-Baptiste konnte eine Dose öffnen oder ein paar Spiegeleier nicht zu sehr anbrennen lassen.

Gegenüber der Kirche war der Grafengarten. Auch wenn man dort in den letzten Jahren begonnen hatte, eher arriviert zu kochen – was nicht unbedingt mein Ding war –, so produzierte die Küche doch ausgezeichnete Schlutzkrapfen, auf die ich allein beim Gedanken daran Appetit bekam … vielleicht ein Glas Côtes du Rhône dazu. Wie hatte Theiss so schön gesagt? »Sie haben ja sonst nichts zu tun.«

»Servus, Theo!«

»Ja, der Herr Kommissar, habe die Ehre.«

Prompt drehten sich einige Köpfe zu mir um.

»Theo!?«

Er grinste und kam zu mir herüber. »Das musste jetzt sein, Benedict. Wenn ich mich nicht täusche, warst du das heute Morgen im Pfarrgarten deines Bruders. Jetzt hat der Grafenplatz endlich einmal eine Leiche.«

»Was du so alles weißt. Was hast du denn sonst noch gesehen?«

»Jetzt setz dich erst mal. Was magst du denn essen? Ich hätte ein ausgezeichnetes Zanderfilet …«

»Schlutzkrapfen und ein Glas Côtes du Rhône.«

»So schlimm?«

»Wie meinst du das?«

»Das isst du immer, wenn dir irgendwas quer liegt.«

»An dir ist ein Kriminaler verloren gegangen«, brummte ich. »Sag mir lieber, was du sonst noch gesehen hast.«

»Jetzt wart's halt ab. Ich komme gleich.« Sprach's und verschwand in Richtung Küche.

Ich warf einen Blick auf mein Handy. Die Beinhauserin hatte versucht, mich zu erreichen, ich würde sie nach dem Essen zurückrufen. Mein Blick schweifte ein wenig durch das Lokal. Man traf hier vor allem Schwabinger, nur selten verirrten sich Fremde her. Das eine oder andere Gesicht kam mir bekannt vor, aber nach Theos dämlichem Entree waren alle bemüht, auf ihren Teller zu schauen oder ins Gespräch vertieft.

Vor meiner Nase tauchte ein Glas Côtes du Rhône auf. Theo setzte sich mit einem Grünen Veltliner zu mir.

»Ziemlicher Auftrieb heute Morgen.«

»Ich weiß, ich hab ihn bestellt.«

»Und was ist dran, an der Leiche?«

»Woher weißt du denn, dass es eine Leiche gibt?«

»Die Martina war auf einen Cappuccino hier.«

Die Beinhauserin hatte also geplaudert.

»Und?«

»Ich war heute früh zwischen zwei und drei noch mal auf. Als ich aus dem Fenster schaute, sah ich drei Leute. Ich glaube, zwei Frauen und ein Mann. Die Mittlere der Drei schien ein wenig zu tief ins Glas geschaut zu haben; jedenfalls mussten die anderen Zwei sie stützen.«

»Und das war wann genau?«

»Sagte ich doch schon. Zwischen zwei und drei. Eher drei würde ich sagen. Du weißt doch: Wir machen hier um eins dicht und bis man im Bett liegt, ist es leicht zwei. Ich hatte schon geschlafen und wurde noch mal wach, weil ich ein Bedürfnis verspürte.«

»Kannst du die Personen beschreiben?«

»Die Mittlere, also die, die sie stützen mussten, war die Kleinste. Sie hatte eine helle Jacke an und wirkte betrunken.«

»Warum sagst du das?«

»Na, wenn ich genau darüber nachdenke, haben die beiden anderen sie fast schon geschleift. Sie schien kaum noch laufen zu können.«

»Was fällt dir zu den beiden anderen ein?«

»Das waren ein Mann und eine Frau. Er hatte sehr kurzes Haar und einen Trenchcoat an, sie eher langes, fülliges Haar, Rock und eine Art Jacke.«

»Geht das nicht genauer?«

»Herrgott, Benedict, es war drei Uhr früh, stockdunkel und ich war müde.«

»Und du hattest ein paar Glas intus.«

In diesem Moment kamen meine Schlutzkrapfen. Theo wirkte erlöst, meine lästigen Fragen los zu sein – zumindest für den Moment.

»Sag mal, hast du das auch den Kollegen erzählt?«

»Welchen Kollegen?«

»Meinen Mitarbeitern, die heute Morgen hier von Haus zu Haus gegangen sind.«

»Ne, bei mir war keiner. Ich war heute Morgen ab neun beim Zahnarzt.«

»Danke, dass du es mir jetzt gesagt hast. Das könnte wichtig sein.«

Theo lächelte befreit und stand auf. »Gerne.«

Ich wandte mich den Schlutzkrapfen zu und bestellte ein zweites Glas Côtes du Rhône.

4.

Ich hatte die Beinhauserin kurz zurückgerufen, konnte ihr aber nichts Neues mitteilen. Am nächsten Tag war ein kurzer Beitrag auf Seite fünf, der kein weiteres Aufsehen erregte.

Die nächsten Tage verliefen unspektakulär, wie das oft bei solchen Ermittlungen ist. Außer dem Wirt vom ‚Grafengarten' hatte niemand das Grüppchen bemerkt; zwei Studenten war auf dem Weg nach Hause ein eng umschlungenes »älteres«, wie sie sagten, Pärchen aufgefallen. Der Mann habe einen Trenchcoat getragen und sie waren ihnen an der Ecke Herzogstraße begegnet; das konnte alles und gar nichts heißen.

Die Rechtsmedizin hatte ihr Gutachten vorgelegt, das die ersten Vermutungen Dr. Orthubers bestätigte. Todeszeitpunkt vermutlich gegen drei Uhr nachts, Tod durch Schädeltrauma nach Schlag auf den Hinterkopf mit einem kantigen Objekt. Wir hatten es auf alle Fälle mit einem Gewaltverbrechen zu tun.

Davon abgesehen, dass ich heute Barbarazweige für meine Mutter kaufen musste, denn mein Bruder würde es garantiert vergessen und meinem Vater war es Wurst, hatte ich mir vorgenommen, mich ein wenig in der Nichtsesshaftenszene herumzutreiben.

Kaum hatte ich mir den Mund an meinem ersten Morgenespresso verbrannt, klingelte das Handy.

»Bene?«

Nicht schon wieder.

»Ja doch, es ist immer noch mein Handy. Hast du eine neue Leiche?«

»Viel schlimmer.«

»Zwei?«

»Trottel. Das Christkind ist weg!«

»Ach so. Ja dann ... hast du den Papst schon angerufen? Das dürfte ja weitreichende Konsequenzen haben, oder?«

»Unser Christkind ist weg! Das Nazarener Christkind!«

Bisweilen sprach mein Bruder in Rätseln.

»Könntest du das einmal für Normalsterbliche erläutern?«

»Jetzt stell dich doch nicht so dämlich an. Du weißt doch, dass wir in der Weihnachtskrippe in St. Agathe die Figur Christkinds haben, die einer der Nazarener, vielleicht sogar Peter von Cornelius selbst, geschaffen haben soll. Die Figur hatten wir zu Beginn der Adventszeit heruntergeholt und in die Sakristei gebracht. Jetzt kam Frau Gradl zu mir …«

»Frau Gradl?«

»Unsere Mesnerin. Sie war furchtbar aufgeregt, weil das Christkind nicht mehr in seiner Kiste sei.«

»Und was hat das nun mit mir zu tun? Für Diebstahl ist die örtliche Polizeiinspektion ...«

»Aber jetzt hör doch, Bene, das Christkind kann doch in der Nacht verschwunden sein, als der Mord geschah.«

»Erstens wissen wir gar nicht, ob es Mord war, und zweitens…« Mir war gerade klar geworden, dass ich meinen Bruder durch nichts von seinen Ideen würde abbringen können. »Weißt du, ich komme gleich auf einen Espresso vorbei, und dann sehen wir weiter.«

»Bene, die Espressomaschine ist leider … «

»Ich bringe einen mit.«

Glücklicherweise gab es auf dem Weg einen Italiener, bei dem kurz vor neun schon die Hintertüre offen war und der mich kannte. Beinahe hätte ich den Espresso fünf Minuten später verschüttet, als ich über den Bordstein fuhr.

»Danke fürs Kommen, Bene.«

Ich stieg vom Fahrrad und balancierte das Espressotassenkonstrukt aus Styropor in Jeans Arbeitszimmer. Ich fragte mich immer, wie man in so einem Raum arbeiten konnte. Dunkle Bücherregale. Ein Schreibtisch, der dem frühen neunzehnten Jahrhundert entsprungen schien. Ein Stillleben mit mindestens einem Engel zu viel an der Wand.

»Was ist denn das für eine Kiste mit dem Christkind?«

Jean-Baptiste wirkte genervt und ein wenig indigniert: »Du weißt doch, dass der neue Kirchenraum in unserer anderen Kirche, bei dir um die Ecke, von Ernst Kozicz ausgestaltet wurde. Er soll dieses Christkind aus Rom mitgebracht haben und hat es Ende der dreißiger Jahre des vorigen Jahrhunderts der Kirche gestiftet.«

Ich schwieg.

»Es ist nicht sonderlich schön. Aber den Menschen hier bedeutet es viel.«

»Jean, das hilft mir jetzt nicht wirklich. Was ist passiert?«

»Wir haben es am Sonntag …«

»... also am Sonntag vor dem Mord ...«

»Jetzt sagst du ja selber, dass es ein Mord war.«

»Also?«

»Ja, wir haben es an eben jenem Sonntag aus dem Lagerraum geholt und in die Sakristei gestellt.«

»In einer Kiste.«

»Gewiss. Wir holen die ganze Krippenausstattung herunter, stellen sie in die Sakristei und bauen die Krippe langsam auf.«

»Und wann hat Frau …«

»... Gradl ...«

»… bemerkt, dass das Christkind nicht mehr da war?«

»Etwa zehn Minuten, bevor ich dich anrief.«

In Jean-Baptistes Sesseln saß man immer zusammengekrümmt. Ich fand es schwer, dort einen klaren Gedanken zu fassen, stand auf und ging zum Fenster.

»Und du glaubst an einen Zusammenhang?«

Ich fühlte den Blick von Jean-Baptiste auf mir ruhen. Sein Oberkörper hatte sich gestrafft und er rutsche auf seinem Schreibtischstuhl ein wenig vor.

»Ich habe keine Ahnung, Bene. Aber das ist alles wie ein Albtraum. Ich finde eine Tote in meinem Garten. Seit Tagen trampelt Gott und die Welt hier herum. Und dann wird eine Figur gestohlen, die für die Menschen hier wirklich wichtig ist...« Er schwieg für einen Moment. »Weiß du, mein Leben hat sich in den letzten drei Tagen jenseits meiner Erfahrungswelten bewegt und ich habe keine Ahnung, wie das weiter gehen soll.«

Wir schwiegen beide. Ich blickte durch sein Fenster und

mein Blick blieb an der Ecke hängen, wo die Tote gelehnt hatte.

»Schau, Jean, jetzt wirst du halt einmal deinem jüngeren Bruder ein wenig vertrauen müssen. Ich kann mir einen direkten Zusammenhang zwischen beiden Taten nicht vorstellen. Möglicherweise hat jemand seine Chance genutzt bei all dem Tohuwabohu. Andererseits sagtest du, die Figur sei nicht sonderlich hübsch und auch nicht so wertvoll.«

»Letzteres weiß ich nicht. Es ist aber auch der ideelle Wert, der zählt.«

»Ich weiß, ich weiß. Aber für die Polizei zählt der Reale eben mehr. Lass uns doch in die Sakristei rüber gehen, ich würde gerne mit deiner Mesnerin sprechen, und danach werden wir den Diebstahl offiziell aufnehmen müssen.«

5.

Frau Gradl konnte nur aussagen, dass sie nichts gesehen hatte – im wahrsten Sinne des Wortes. Die Figur war aus dem Quartier, dass sie außerhalb der Advents- und Weihnachtszeit bewohnte, einer Holzkiste mit dem Aufdruck Di Angeli, verschwunden. Glücklicherweise existierten eine genaue Beschreibung und Fotografien, so dass Jean-Baptiste später eine vollständige Anzeige erstatten konnte.

Ein eigenartiger Zufall war es schon. Wer mochte an jenem denkwürdigen 1. Dezember … Nein, ich wollte mir nicht die Perspektive verengen lassen. Wer sagte uns denn, dass das Ding tatsächlich am ersten Dezember verschwunden war? Wer sagte uns, dass Frau Gradl die Wahrheit erzählte? Eigentlich hatte ich keine Lust, mir diesen Fall auch noch ans Bein zu binden, aber was tat man nicht alles für seinen Bruder.

Mein Chef war zwar nicht übermäßig tolerant, aber er verstand es zumindest gut, einem den Rücken freizuhalten, wenn man einmal in anderen Revieren wilderte. Ich wollte mich trotzdem heute Nachmittag noch mit den Kollegen vom K 52 in Verbindung setzen. Vermutlich käme ihnen etwas Unterstützung gelegen, denn sie hatten genug zu tun – und üblicherweise überließ man den zuständigen Kollegen ja die Lorbeeren ... und den Papierkram.

Ich rief kurz im Büro an, um zu sehen, ob Klaus und Adil bei den Gesprächen, die sie mit den Anliegern geführt hatten, zu Ergebnissen gekommen waren. Oft half uns bei Verbrechen, die zu ungünstigen Zeiten, sprich zwischen zwei und vier Uhr morgens geschahen Kommissar Zufall. Jemand konnte nicht einschlafen, wollte einen Schluck Milch trinken, warf einen Blick aus dem Fenster und machte eine nützliche Beobachtung.

Dieses Mal schienen wir nur Nieten gezogen zu haben. Zumindest in diesem Teil Schwabings lagen alle Leute in der Nacht brav im Bett und schlummerten in Morpheus Armen – oder behaupteten das zumindest.

Ich trat in die Pedale und fuhr zum Kleinhesseloher See. Zu dieser Jahreszeit würden dort zwar nicht so viele Obdachlose unterwegs sein, aber ich wollte ein Gefühl dafür bekommen, wer zurzeit in der Stadt war. Vor einigen Jahren waren immer wieder Nichtsesshafte in der Nacht überfallen und brutal verprügelt worden. Während der Ermittlungen hatte ich die Gelegenheit, das Milieu und einige der ‚Stammgäste' ein wenig näher kennenzulernen. Es ist erstaunlich, wie viel man erfahren kann, wenn man Menschen, die das nicht gewohnt sind, mit ein wenig Respekt begegnet. Es war mir gelungen, bei einigen der Männer ‚auf Platte' einen gewissen Vertrauensvorschuss zu erwerben. Ein paar Flaschen Bier tun oft ein Übriges, auch wenn das mein Chef gar nicht so gerne hörte. Er hatte nur geringes Verständnis dafür, dass man in Bayern das flüssige Brot so schätzte. Ich war auch bei der Wahl der Methoden gerne mein eigener Herr.

Die Sonne kam langsam durch und es schien doch noch ein sonniger Dezembertag zu werden. Ich hatte mein Rad zuhause geparkt und war die letzten Meter zum See zu Fuß gegangen. Zwei ältere Damen gingen mit ihren Zamperln, wie man in München die Hunde zu nennen pflegt, spazieren, eine Frau schob einen riesigen Kinderwagen mit einem friedlich schlafenden Baby in Richtung Seehaus. Es war noch friedlich im Park und niemand aus meiner ‚Klientel' war in Sicht. Vielleicht hatte ich mehr Glück, wenn ich weiter in Richtung Biederstein ging; es gab einige Freiluftfanatiker, die sich lieber unter den Isarbrücken ein Feuer machten, als im stickigen aber warmen Untergrund der Münchner Freiheit zu warten, bis Polizei oder U-Bahn Wache sie wieder hinausbeförderten.

Ich musste gar nicht so weit gehen. Hinter einem im Winter geschlossenen Getränkekiosk traf ich zwei alte Bekannte. Sie saßen, in dicke, abgetragene Mäntel gehüllt, auf einer dem Wind abgewandten Bank, um so der, trotz Sonnenschein, frostigen Kühle zu entgehen. Eine Zweiliterflasche Rotwein obskuren Ursprungs stand zwischen ihnen.

»Roten on the Rocks?«

Sie blickten auf. »Ja, der Kieberer! Hast du nix Besseres zu tun, als hier spazieren zu gehen? Oder ham's di endlich wegen permanenter Insubordination gefeuert?«

Ich musste Grinsen. Georg Schmallenberg und Paul Loibensteiner hätten kaum unterschiedlicher sein können. Ersterer kam aus dem Münsterland und war ein gescheiterter Realschullehrer und Weltverbesserer, Letzterer war ein echtes Wiener Gewächs, das vor 11 Jahren, wie er gerne erzählte, die Damen nach Bayern gezogen und am Ende ins Elend, sprich auf eben jene Bank, getrieben hatten. Ich hatte nie herausgefunden, was Paul beruflich gemacht hatte; er verstand es, sein bisheriges Leben hinter diversen Nebelwänden zu verbergen und war ein Meister im Erfinden neuer Geschichten, die sich bald als ebenso falsch wie die Alten erweisen sollten.

Auch äußerlich waren sie leicht auseinanderzuhalten: Georg war 1,90 Meter groß und dürr, sein Markenzeichen war eine vom Alkohol und im Moment auch von der kühlen Luft deutlich gerötete Nase, die gewaltig in der Welt herumhakelte. Paul hingegen, der auf den Spitznamen ‚Kater' hörte, war mittlerweile so katzenhaft wie ein in die Jahre gekommener und reichlich verfetteter Vertreter seiner Gattung.

»Nein, die Herren«, antwortete ich charmant, »immer noch im Dienst der Obrigkeit und zu eurem Schutz unterwegs.«

Ein trockenes Lachen schüttelte den Kater.

»Du hast schon einmal besser gelacht.«

»Geh weiter. Es ist kalt und wir hatten kein gescheites Frühstück.«

Sie schauten einander an, auf mein weiches Herz, meinen Geldbeutel und meine Hoffnung auf ihren Mitteilungsdrang bauend.

»Du brauchst doch sicher wieder ein paar Tipps aus dem wirklichen Leben?«

»Ihr glaubt doch nicht ernsthaft, dass ich mit euch so«, ich ließ meinen Blick an ihren beiden Gestalten herunter gleiten, »in irgendein Café gehen kann.«

»Beim Metzger da drüben gäb's Leberkässemmeln, und Augustiner hat der auch.«

Die herrschende Kälte schien am bevorzugten Essen und Trinken der beiden nichts geändert zu haben.

»Na gut. Eine oder zwei?«

»Drei?«

»Ich hoffe, die Investition ist es wert.«

»Was willst du denn wissen über den Mord?«

Ich hielt inne.

»Woher wisst Ihr, dass es ein Mord war?«

»Man hört so manches, Herr Kommissar. Aber deswegen san mer jetzt nicht weniger hungrig.«

»Aber ihr bleibt mir hier, sonst steh ich blöd da mit meinen sechs Leberkässemmeln.«

»Von den sechs Bier ganz zu schweigen.«

Die beiden spielten ihr Spiel gut. Ich war mir sicher, dass sie etwas für mich hatten, denn sie wussten, dass meine Generosität durchaus Grenzen kannte, wenn man mich auf den Arm nahm.

6.

»Sieben Leberkässemmeln?«

»Ja, bitte.«

»Haben Sie Größeres vor?«

»Armenspeisung.«

Jetzt wusste Frau Thiersch nicht, ob ich Sie auf den Arm nahm.

»Ja, dann …«

»Ach ja, und sechs grüne August.«

Unter letzterem Namen lief in eingeweihten Kreisen das Münchner Augustiner Vollbier ob seines grünen Etiketts.

Frau Thiersch verkniff sich einen weiteren Kommentar. Um das Maß voll zu machen, setzte ich ein ‚Dienstlich' hinzu. Sie stemmte die Arme in die Hüften.

»Also, Herr Kommissar, jetzt geben's fei Acht.«

»Ach, Frau Thiersch, Sie kennen mich doch. Ich muss ein paar schwierige Zeugen vernehmen.«

»Mit mir kann man's ja machen«, brummte sie.

»Nein, ehrlich.«

»Passt scho.«

Ich zahlte, nahm meine zwei Tüten und trollte mich.

Georg und Paul saßen noch genauso da, wie ich sie vor

einer Viertelstunde verlassen hatte, und grinsten wie zwei Honigkuchenpferde.

Nach einigen Minuten gefräßigen Schweigens warf ich ein »Und?« in die Runde.

»Die Hanna hat's erwischt«, ließ sich Paul vernehmen.

Sie merkten mir meine Überraschung an.

»Und woher wisst ihr das schon wieder?«

Wir hatten die Tote, eine Johanna Fliegel, anhand ihrer Fingerabdrücke identifiziert. Sie hatte ein bei Nichtsesshaften nicht unübliches Strafregister, hauptsächlich kleinere Diebstähle und Hausfriedensbruch in Zusammenhang mit Trunkenheit. Mich interessierte, was die beiden über die »Hanna«, wie sie in ihren Kreisen hieß, wussten.

»Die hat's a ned leicht gehabt. Des war scho a armes Hascherl«, bemerkte Paul. »Die ist vor fünfundzwanzig Jahren, oder so, aus dem Osten rübergekommen.«

»So?«

»Drüben war alles in Ordnung. Sie hat immer erzählt, dass sie bei der Reichsbahn war. Lokführerin. Das sei für eine Frau dort ein normaler Beruf gewesen«, erzählte er. »Sie war da mächtig stolz drauf …«

»Aber nach der Wende hätten die Scheißwessis …«

»Na, na …«

»Doch, doch, Herr Kommissar, genau so hat sie es erzählt. Man hat sie entlassen. Also, man hat ihr angeboten, in irgendeine Auffanggesellschaft zu wechseln. Das wollte sie aber nicht und hat lieber eine Abschlagszahlung genommen – Und ist rübergemacht.«

»Rübergemacht?«

»So hat sie immer gesagt«, erläuterte Georg. »Rübergemacht. In den Westen ist sie halt gegangen.«

»Wisst Ihr, wohin genau?«

»Nach München.«

»Hierher?«

»Ja klar. Die war bei der Straßenbahn.«

»Die Hanna? Bei der Tram?«

»Klar doch. Die war Trambahnfahrerin. Eigentlich wollte sie zur U-Bahn, aber dann hat ihr das mit dem Tunnel nicht so getaugt und sie ging zur Tram. Die ist mindestens zehn Jahre, oder so, Tram gefahren.«

»Und wie ist sie auf der Platte gelandet?«

Georg setzte seinen tieftraurigen Hundeblick auf.

»So wie wir alle, Herr Kommissar, so wie wir alle.«

Ich hielt seinem Blick stand.

»Sie hat einen Fehler gemacht«, warf Paul ein. »Einen einzigen. Einen einzigen Scheißfehler.«

»Mann weg. Saufen angefangen. Unfall gebaut. Rausgeflogen.«

Ich schwieg. »Und dann?«

»Und dann, und dann … Rolltreppe abwärts.«

»Kann ich das noch mal zum Mitschreiben bekommen? Sie war also verheiratet?«

Sie schauten mich an, wie man ein besonders begriffsstutziges Kind anschaut. Die letzten Leberkässemmeln waren in ihren Mündern verschwunden. Die zweite Halbe Augustiner näherte sich ihrem Ende.

»Hätte ihr der Mann weglaufen können, wenn sie es nicht gewesen wäre? Sie hatte irgendwann Mitte der neunziger geheiratet. Einen Karl, aber mehr als den Namen kennen wir nicht. Angeblich ihre große Liebe. Er hat sie wegen einer Jüngeren sitzen lassen.«

»Wie das Leben so spielt«, warf Paul ein. Ob er aus Erfahrung sprach?

»Es muss sie ehrlich getroffen haben«, meinte Georg jetzt ganz ernst. »Sie fing an, sich regelmäßig zu betrinken, und später hat sie mit der Tram einen Unfall gebaut, direkt am Stachus. Sie muss noch einen sitzen gehabt haben; es war in der Früh und da haben sie sie rausgeworfen.«

»Aber nichts für ungut: wenn man arbeitslos wird, landet man doch nicht gleich auf der Straße …«

Die beiden kannten mich gut genug, um zu wissen, wie ich es meinte. Alle, Männer wie Frauen, denen ich im Rahmen meiner damaligen Ermittlungen begegnet war, hatten irgendeinen Bruch im Leben erfahren. Es gab immer einen Punkt, an dem man gestürzt und nicht wieder aufgestanden war, einen Punkt, an dem das normale Leben nicht mehr das Maß aller Dinge war. Auch diejenigen, die sich wie Paul und Georg einen gewissen Stolz bewahrt hatten, waren den Weg auf die Straße bewusst gegangen.

Die beiden tauschten einen Blick aus.

»Wir haben keine Ahnung, Herr Kommissar. Du bist doch schon länger hier, Paul …«

»Sie ist irgendwann vor sechs oder sieben Jahren aufgetaucht. Sie war einfach da. Hatte ihre Wohnung verloren, war ständig voll und völlig abgedreht. Irgendwann hat die Moni sie aufgegriffen, und dann ist es besser geworden.«

»Moni?«

»Ja, die haben's doch damals kennengelernt«, rief Paul.

Hatte ich?

7.

Die beiden hatten meinem Gedächtnis weiter auf die Sprünge geholfen. Ich erinnerte mich.

Monika Ernst. Vormals Dr. med. Monika Ernst. Jetzt nur mehr Moni. Eine ungewöhnliche Frau. Der Skandal hatte im Jahr 2002 den Blätterwald gehörig rascheln lassen. In der Klinik von Professor Dombrowsky am Starnberger See waren Krebspatienten mit Zellen behandelt worden, die offensichtlich von illegalen Abtreibungen stammten. Die junge Oberärztin hatte damals die Schuld auf sich genommen und die Klinik und ihren Chef vor dem Fall bewahrt: Monika Ernst.

Je länger ich darüber nachdachte, um so deutlich wurde ihr Bild. Auf den ersten Bildern, die ich von ihr in der Presse gesehen hatte, wirkte sie klein, drahtig, dunkle, kurze Haare, Energie, die ihr aus sämtlichen Poren zu sprühen schien. Ich erinnerte mich gut, denn ich lag in den letzten Zügen mit meinem ersten juristischen Staatsexamen. Die Frau war das Gesprächsthema in sämtlichen Schwabinger Kneipen.

Vor Gericht wirkte sie völlig anders. Eingefallen. Langsam. Fahrige Bewegungen. Sie war knapp vierzig, als sie verurteilt wurde, aber sie schien völlig teilnahmslos. Schon damals machte das Gerücht die Runde, dass sie für ihren großen Förderer, Professor Heinrich Dombrowsky, den Sündenbock gespielt hatte. Vielleicht war er ja mehr gewesen, als nur der Förderer eines ungewöhnlichen, jungen Talents.

Die Klinik war trotzdem einige Jahre später am Ende; Monika Ernst war es nach dem Prozess. Ihr Geständnis - oder die Beziehungen ihres Gönners - hatte ihr zwar nur eine Bewährungsstrafe eingebracht, ihre Approbation wurde ihr trotzdem aberkannt, auch der Doktortitel war weg. Aber aus Titeln schien sie sich eher wenig zu machen.

Ich hatte das Gespräch mit Georg und Paul recht abrupt beendet, den beiden versprochen, es bei Gelegenheit und weiteren Leberkässemmeln fortzusetzen und mich völlig in Gedanken auf den Weg ins Präsidium gemacht. Aber ich bekam Monika Ernst nicht aus dem Kopf.

Wir waren uns in den letzten zehn Jahren mehrfach begegnet. Ich hatte sie gesehen, als sie am Prozessende den Justizpalast durch den Hinterausgang verließ. Sie sah aus wie eine graue Maus: klein, dunkler Mantel, tippelnde Schritte … und doch hatte sie leuchtende Augen. Ich weiß nicht, warum sie mich in diesem Moment anblickte, aber sie hatte leuchtende, grüne Augen, die mir so gar nicht zu ihrem übrigen Erscheinungsbild zu passen schienen.

Erinnerungen vermischten sich. Es stimmte, was Georg gesagt hatte. Ich war vor ein paar Jahren im Rahmen der Ermittlungen zu einigen nächtlichen Übergriffen auf schlafende Obdachlose der ‚Moni' begegnet. Es waren die grünen Augen gewesen, die in mir ein Wiedererkennen ausgelöst hatten, ohne dass ich ihnen zunächst einen Namen oder eine Geschichte hätte zuordnen können. Ich erinnerte mich an einen grauen Mantel, dann an einen Namen.

Wir hatten einander einige Sekunden lang angeschaut.

»Guten Abend, Frau Ernst«, hatte ich gesagt.

Sie hatte mich nur angesehen.

»Kennen wir uns?«

»Ich habe Sie am Ende ihres Prozesses einmal gesehen.«

»Der junge Mann mit den grauen Augen und der weinroten Baskenmütze.«

Sie erinnerte sich tatsächlich.

Wir kamen ins Gespräch.

Monika Ernst war einige Jahre verschwunden gewesen und später unter den Obdachlosen in der bayerischen Hauptstadt aufgetaucht. Sie hatte allerdings einen gewissen Stil gehalten, war immer noch schlank, sauber gekleidet, hatte sich ihr ironisches Lächeln bewahrt und sogar ihre Würde wiedergefunden. Sie bewegte sich inmitten der ‚Penner' mit einer gewissen Nonchalance, es schien sie eine Aura der Unangreifbarkeit zu umgeben. Niemand wusste, wo sie sich aufhielt, sie kam und ging, verschwand bisweilen für Wochen vollständig von der Bildfläche und wurde auch nie mehr straffällig.

Wie passte das alles zusammen?

In meinem Kopf begann ein Mosaik Gestalt anzunehmen. Monika Ernst und Johanna Fliegel. Ein Tod in den frühen Morgenstunden des ersten Dezembers. Eine Leiche, die an einen offenbar zufälligen Ort gebracht worden war. Oder doch kein Zufall? Warum war Frau Ernst seit der Tat von der Bildfläche verschwunden? Wer waren die zwei Gestalten, die der Wirt des Grafengartens gesehen hatte? Noch ein Zufall?

Mein Telefon meldete sich.

»Schönheit.«

»Nein, dass es Sie auch noch gibt.«

Mein Chef.

»Guten Morgen, Herr Theiss.«

»Morgen? Schon mal auf die Uhr geschaut? Würden Sie die Güte haben, bei Gelegenheit im Präsidium vorbeizuschauen? Ich wüsste gerne, was es im Fall Fliegel Neues gibt, und ich kann mich des Eindruckes nicht erwehren, dass Ihre zwei Adlati hier recht hilflos herumhocken.«

Die beiden wussten sich doch sonst immer zu beschäftigen, wenn ich nichts für sie hatte. Oder hatte der Alte zu wenig zu tun? Schwer vorzustellen.

»Ich bin schon auf dem Weg, Herr Theiss. Ich habe mich ein wenig in der Obdachlosenszene umgehört.«

»Ich erwarte Ihren Bericht, Herr Schönheit.«

Weg war er. Das klang unerfreulich. Entweder war ihm der Kriminaldirektor auf die Zehen getreten, oder …

Das vermaledeite Handy meldete sich schon wieder. Hatte Theiss etwas vergessen? Nein es war …

»Hallo, Bene.«

»Grüß dich, Bruderherz.«

»Und, was gibt es Neues?«

»Du klingst wie mein Chef.«

»Wirklich? Ich wollte doch nur wissen, ob du schon etwas herausgefunden hast.«

»Schon mal was von der Vertraulichkeit polizeilicher Ermittlungen gehört?«

»Bene, jetzt stell dich nicht so an.«

»Nein, Jean-Baptiste, es gibt im Moment nichts, was uns wesentlich weiterbringt. Ein paar Infos kann ich dir schlicht und ergreifend nicht geben. Ich muss jetzt ins Präsidium, um Theiss zu beruhigen, dem offensichtlich jemand Dampf gemacht hat, und dann rede ich mit dem Einbruchsdezernat wegen deiner Krippenfigur. Zufrieden?«

»Ja, ja, passt schon. Ich wollte halt nur wissen …«

»Schon in Ordnung, Jean-Baptiste. Ich melde mich, wenn ich mehr weiß.«

Ich war nicht in Laune zu plaudern. Mir ging einfach zu viel durch den Kopf.

Monika Ernst.
Dieses Christkind.
Die tote Hanna.

Aber jetzt sollte ich mich in Höhle des Löwen begeben und Theiss beruhigen.

8.

Auch wenn Robert Theiss nur ein nur ein Jahr älter war als ich, hieß er im Dezernat doch »der Alte«; selbst ich nannte ihn insgeheim oft so. Ich hatte keine Ahnung, was ihm über die Leber gelaufen war, aber unser Gespräch war alles andere als erfreulich verlaufen. Natürlich wollte er wissen, warum wir keine Fortschritte gemacht hatten.

»Das kann doch nicht sein, dass bei der KTU quasi nichts herausgekommen ist«, Theiss hatte zur Bekräftigung mit der flachen Hand auf den Tisch geschlagen.

»Tut mir leid, aber daran kann ich auch nichts ändern. Die Kleidung der Toten ist mit dermaßen vielen Stoffen verunreinigt, dass man keine klare Zuordnung machen kann. Ähnliches gilt für Spuren im Garten der Pfarrei. Der Boden war gefroren und es gab zu viele Fußabdrücke.«

»Wahrscheinlich sind Sie und Ihr Bruder da herumgetrampelt.«

Ich schaute ihn einfach an. Er räusperte sich.

»Entschuldigung. Aber mir sitzt der Präsident im Nacken.«

»Seit wann hat für den die Obdachlosenszene irgendeine Priorität? Als wir vor ein paar Jahren die Probleme hatten, wollte er das doch nur niederbügeln.«

»Mag sein, Herr Schönheit, aber es stehen Landtagswahlen an und der Fall scheint eine gewisse politische Brisanz zu gewinnen. Vielleicht sollten Sie einmal einen Blick in die Zeitung werfen.«

Ich grinste. Normalerweise warf er mir vor, dass ich ständig hinter irgendwelchen Zeitungen steckte.

»Und was ist das mit dieser Christusfigur?«

Woher wusste er das jetzt schon wieder? Hatte er die Handys seiner Mitarbeiter verwanzt? Zuzutrauen wäre es ihm.

»Da gibt es meines Wissens noch gar keine Anzeige, oder?«

»Ich denke, dass ein solches Detail in einer umfassenden Mordermittlung nicht übersehen werden darf. Unter Umständen gibt es ja einen Zusammenhang. Was haben Sie denn bis jetzt herausgefunden?«

Ich berichtete ihm kurz von den Aussagen meines Bruders und der Mesnerin.

»Außerdem bin ich quasi auf dem Sprung ins K 62, um mit Kollege Schlosser zu sprechen.«

»Dann will ich Sie nicht weiter aufhalten. Aber halten Sie mich auf dem Laufenden, wie gesagt, da braut sich was zusammen.«

Ich ging kurz an meinem Schreibtisch vorbei, um meine Mails zu checken.

»Servus, Chef.« Klaus Brunner schaute von einem Wust Papier auf.

»Machst du Ablage, oder was?«

»Nein, ich gehe noch mal die Aussagen der Anlieger

durch, vielleicht haben wir ja doch etwas übersehen.«

»Wieso?«

»Ach, der Alte macht Druck. Irgendeine Landtagsabgeordnete hat uns Untätigkeit vorgeworfen.«

Ich sollte doch einen Blick in die Zeitung werfen. Klaus reichte mir den Express. Eine Landtagsabgeordnete namens Eva-Maria Meerkatz warf der Polizei Untätigkeit beziehungsweise ‚völliges Desinteresse' im Fall Fliegel vor. Der Bericht war von … Martina Beinhauser. Wenn ich mich mit ihr in Verbindung setzte, könnte das wie Einflussnahme aussehen und schlimmstenfalls zu einem echten Rohrkrepierer werden. Ich musste zusehen, sie irgendwie ‚zufällig' zu treffen.

»Wo ist eigentlich Adil?«

»Recherchiert im Obdachlosenmillieu.«

»Und wer hat das angeschafft?«

»Der Alte. Du warst ja nicht da.«

Mir wurde langsam ein wenig mulmig. Ich kam mir vor wie in einer Wagenburg – von allen Seiten eingekreist. Ich griff zum Telefon.

»Uzman.«

»Wo bist du, Adil?«

»Am Flaucher.«

»Und?«

»Du weißt doch, wie es ist, Chef. Da redet keiner.«

»Unsinn, Adil, es geht um jemand von Ihnen. Aber lass den Bullen nicht raushängen. Mach ihnen klar, dass wir den Täter oder die Täterin finden müssen. Geh mal ein paar Flaschen Bier holen und schau, dass du ein wenig Hintergrundinformationen zu Moni Ernst und zu unserer Toten auftreibst - und lass den Kriminalkommissar stecken.«

»Ich weiß, du hättest mich nie hierher geschickt.«

Das stimmte. Adil war mir ein wenig zu direkt. Er glaubte immer noch, er müsse etwas beweisen. Zeigen, dass er besser war als die anderen und dass er seinen Kommissar zu Recht bekommen hatte.

»Nimm es als Chance, Adil. Versuch es auf die indirekte Tour. Wir müssen an sie herankommen und sie haben keinerlei Veranlassung, uns, oder dir, zu vertrauen. Du wirst sie gewinnen müssen. Und geh ein Stück weiter Richtung Innenstadt.«

»OK.«

Ich wandte mich wieder Klaus Brunner zu. »Klaus, tu mir einen Gefallen und rede mal mit der Photoshop Abteilung, ob sie nicht ein gealtertes Bild von Monika Ernst produzieren können.«

»Mit wem?«

»Du bist doch sonst nicht so begriffsstutzig. Mit den Fotospezialisten vom Erkennungsdienst. Die haben doch angeblich eine Software, mit der man Gesichter altern lassen kann. Ich hätte gerne ein altersnahes Bild von Monika Ernst, basierend auf den letzten Bildern aus den Tagen ihres Prozesses. Das ist etwa zehn Jahre her.«

»Ach so, geht klar. Ich ruf da an und sehe, was geht.«

»Merci, und sag mir bitte Bescheid, ok.?«

Ich lief durch das verwinkelte Gebäude, um Erwin Schlosser aufzusuchen. Kriminalhauptkommissar Schlosser arbeitete seit vielen Jahren im Fachbereich Diebstahl und war, auch durch sein persönliches Interesse, zu unserem internen Kunstexperten avanciert. Er kannte den Markt, die Preise und die grauen oder schwarzen Kanäle. Nach kurzem Anklopfen betrat ich ein kleines Zimmer, das eher dem Arbeitszimmer eines Kunstlehrers als den tristen Diensträumen des Präsidiums glich. Bücher stapelten sich auf Regalen und an den Wänden, Plakate verwiesen auf Ausstellungen in verschiedenen europäischen Museen, und vor einem Computerbildschirm saß ein Mann, dessen schütterer Haarkranz ihm fast ein mönchisches Aussehen verlieh.

»Herr Schönheit«, er lächelte, »hat Ihr Vater seiner Grafiksammlung wieder einmal ein fragwürdiges Stück hinzugefügt?«

»Nein, Herr Kollege, streng dienstlich.«

»So?«

»Ja, in einer Schwabinger Kirche ist eine Figur entwendet worden.«

»Davon habe ich ja noch gar nichts gehört. Erzählen Sie! Was? Wo? Und warum kommen Sie damit zu mir?«

Ich erzählte ihm von dem verschwundenen Christkind und er zog nachdenklich an seiner Pfeife. Er schien sich dem rauchfreien Präsidium weiter tatkräftig zu widersetzen.

»In der alten Kirche gibt es ein paar schöne Stücke von Ignatz Günther, aber dass da irgendeine Verbindung zu den Nazarenern bestanden haben soll, ist mir völlig neu. Ist Ihr Bruder sicher?«

»Ich kann Ihnen nur sagen, was er mir erzählt hat.«

»Ich werde mich erkundigen. Fragen Sie doch Ihren Bruder, ob er Fotos hat; ich werde mich beim Kunstressort des Ordinariats erkundigen.«

»Fotos und eine Beschreibung der Figur gibt es, ich schicke sie Ihnen rüber, aber ich weiß nicht, ob …«

»... ob Ihr Bruder das schon gemeldet hat? Das sollte er, aber das weiß er vermutlich selber. Ich werde ihn zuerst anrufen. Schauen Sie doch in den nächsten Tagen wieder vorbei.«

Ich wusste, dass Schlosser das Telefon nicht mochte, musste ihn aber trotzdem auf die Dringlichkeit hinweisen.

Er blickte mich über den Rand seiner kleinen, goldgefassten Brille an, und sagte: »Ich weiß, Herr Kollege. Die politische Dimension.«

Er verabschiedete mich mit einem Nicken und wandte sich wieder seinem Computerbildschirm zu.

Er schien auch Zeitung zu lesen.

9.

Der Rest der Woche war angefüllt mit all jenem Kleinkram, den Fernsehkommissare nie tun müssen. Adils Gespräche mit den Obdachlosen bestätigten das Bild, das ich von Hanna Fliegel hatte. Sie war in den letzten Jahren, vor allem im Sommer, immer wieder mal aus der Stadt verschwunden, um spätestens im Oktober wieder aufzutauchen und schien die meiste Zeit mit Monika Ernst zu verbringen. Zu ihrem Markenzeichen gehörte ein alter Kinderwagen, der den Beschreibungen nach aus den sechziger Jahren des letzten Jahrhunderts stammte und den sie meistens dabei hatte. Ähnlich wie Frau Ernst, schien auch sie eher sauber gekleidet gewesen zu sein, was darauf hindeutete, dass sie deren wie auch immer gearteten Unterschlupf mitbenutzen durfte. Sie waren überwiegend in Schwabing gesehen worden und schienen viel Zeit im Englischen Garten verbracht zu haben, aber auch im Luitpoldpark. Händler am Elisabethmarkt hatten das Paar auf Fotos erkannt und den Kinderwagen beschrieben. Auf anderen Plätzen, wo viele Angehörige der Szene verkehrten, etwa am Stachus oder an der Isar, waren die beiden kaum aufgetaucht. Die meist männlichen Obdachlosen kannten

Hanna und Moni zwar, aber die Kontakte schienen eher sporadisch zu sein.

Nachfragen beim Sozialreferat der Stadt und bei einigen kirchlichen sozialen Einrichtungen waren abschlägig beschieden worden. Keine der beiden Frauen war in den letzten Jahren in einer der Unterkünfte aufgetaucht und registriert worden. Normalerweise waren die Mitarbeiterinnen der Sozialhilfe gegenüber der Polizei nicht sonderlich auskunftsfreudig; man hatte immer den Eindruck, sie wollten ihre Schützlinge vor einer Bedrohung bewahren, die es nicht gab. In diesem Fall waren wir jedoch auf problemlose Zusammenarbeit gestoßen. Jeder wollte gerne Licht in das Dunkel dieses Verbrechens gebracht sehen.

Die Kollegen vom Erkennungsdienst hatten, zumindest nach meinem Dafürhalten, ein Foto produziert, das dem heutigen Aussehen von Monika Ernst nahe kam; das sollte unsere Nachforschungen etwas leichter machen.

Die Sonne war herausgekommen und ich wollte ein wenig frische Luft schnappen; zum Nachdenken musste ich mich bewegen. Ich hatte die Beinhauserin noch nicht getroffen, vielleicht lief ich ihr am Sonntagnachmittag über den Weg.

Schwabing ist eine eigenartige Mischung aus Altem und Neuem, aus Typen und solchen, die es werden wollen. Ich wollte bei St. Agathe vorbeischauen und anschließend zum Luitpoldpark gehen. Das sonnige Wetter hatte viele auf die Straße gelockt, so manches Café hatte noch einmal die Tische und Stühle draußen aufgestellt. Am Grafenplatz war alles ruhig. Die tief stehende Sonne warf lange Schatten, ältere Pärchen hielten Händchen, junge Mädchen stöckelten in kurzen Röcken zu zweit oder dritt durch die Straßen. Ich fragte mich, was sie in diesen riesigen Handtaschen aufbewahrten.

Als ich Richtung Luitpoldpark links abbog, sah ich in einiger Distanz im Gegenlicht eine ältere Frau mit einem Kinderwagen die Straße überqueren. Der Kinderwagen hatte etwas graziles, gehörte nicht zu den heute in München üblichen SUV Modellen, mit Hilfe derer man jeden anderen vom Bürgersteig verdrängen kann. Ältere Dame? Älterer Kinderwagen? Ich legte einen kurzen Sprint ein, aber als ich an der Kreuzung ankam, sah ich in der Degenfeldstraße nur ein jüngeres Paar, die ein in rosa gepacktes Kind durch die tief stehende Dezembersonne schoben. Ich fragte, ob sie eine ältere Dame mit einem Kinderwagen gesehen hatten.

»Und was geht Sie das an?«

»Schönheit. Kripo München.«

Manchmal hatten Dienstausweise doch ihr Gutes.

»Nein, haben wir nicht.«

»Doch, Schatz, da war doch diese Dame …«

»Das war keine Dame, das war eine Pennerin!«

»Aber die hatte doch …«

»... ja, ja, ihr Hab und Gut in einem Kinderwagen. Stimmt.«

Offenbar war dem jungen Vater ein Licht aufgegangen. Vielleicht bemühte sich die Polizei ja doch endlich, in Schwabing wieder für Recht und Ordnung zu sorgen.

»Stimmt, Herr Kommissar: Eine Frau mit Kinderwagen ist da vorne«, er drehte sich um und deutete auf eine Hofeinfahrt, »hineingegangen.«

Ich verkniff mir eine Bemerkung, bedankte mich und

trabte los. Die Einfahrt führte auf einen jener typischen Schwabinger Nachkriegshinterhöfe: Flachdachgaragen umgeben von teilweise sanierten Gebäuden aus den fünfziger Jahren. Ein paar Jungs spielten Fußball; wenigstens das schien noch zur sonntäglichen Normalität zu gehören. Nur eine Frau mit Kinderwagen war nicht zu sehen.

»Jungs?«

Sie schienen Erwachsene zu überhören.

»Jungs!«

Der Ball wurde aus der Luft aufgefangen und ein kleiner Blondschopf wandte sich zu mir um.

»San Sie der neue Hausmeister? Mir wissen scho, dass Fußballspielen hier verboten ist.«

Ich musste lachen. »Nein, bin ich nicht. Von mir aus könnt ihr hier weiter kicken, aber habt ihr eine Frau mit Kinderwagen gesehen?«

»Und warum wollen Sie das wissen?«

Ein Griff in meine Hosentasche förderte zum zweiten Mal an diesem Tag meinen Dienstausweis zu Tage.

»Ist der echt?«

»Kannst dich drauf verlassen. Also?«

Er schaute zu seinen Mitspielern. Schulterzucken.

»Na, hamma ned, Herr Kommissar.«

»Sicher nicht? Sie soll hier hereingegangen sein.«

»Nein, wirklich nicht«, sagte ein anderer Junge, der hinzugetreten war. »Wir spielen hier seit halb zwei und hier ist niemand mit Kinderwagen durchgekommen.«

»Danke.«

Ich drehte mich im Gehen noch einmal um.

»Und lasst euch nicht erwischen.«

Sie grinsten.

War die Frau doch in die nächste Straße und nicht in die Hofeinfahrt eingebogen? Ich ging Richtung Belgradstraße, ohne mir große Hoffnungen zu machen. Wer immer das gewesen war, mittlerweile war sie über alle Berge.

10.

Ich ging weiter in Richtung Luitpoldpark. Überall, wo die Sonne hinter den Häusern verschwand, wurde es schon empfindlich kühl. Am Obelisken vorbei betrat ich den Park. Der Luitpoldpark war eine der ruhigeren Parkanlagen Münchens, von Touristen kaum beachtet und im Moment von der Wintersonne durchflutet. Auf den Bänken genossen einige Wenige die letzten Sonnenstrahlen des Tages. Auf einer Bank saß ein Grüppchen, das mir bekannt vorkam. Als ich näher trat, unterbrachen die Männer ihr Gespräch und blickten mich an.

»Jetzt sag bloß nicht wieder, der Kiberer.«

Der ‚Kater' schmunzelte. »Aber du bist doch einer. Habt ihr endlich euren Mörder?«

»Woher willst du wissen, dass es ein Mann war?«

»Stimmt. Und?«

»Nein. Wir sind nicht viel weiter.«

»Weil wir Penner die da oben nicht im Geringsten interessieren.«

»Paul, erstens kennst du mich und zweitens gibt es von oben Druck, den Fall zu lösen.«

»Ned wirklich«, murmelte einer der anderen.

»Doch, es gibt eine Abgeordnete, die sich eurer Sache angekommen hat.«

»Aber ned die Meerkatz?«

»Doch, Paul, aber woher kennst du die denn?«

»Die macht doch nur auf sozial. Wie es uns wirklich geht, interessiert die nicht. Aber damit kann man in der Öffentlichkeit punkten.«

In solchen Momenten fragte ich mich, wer wirklich hinter der Fassade dieses Wiener Komödianten steckte, was seine wirkliche Geschichte war.

»Das kann ich nicht beurteilen.«

»Das darfst du nicht beurteilen, oder?«

»Zumindest nicht öffentlich«.

»Hast schon mit der Moni gesprochen?«

»Die ist abgetaucht.«

»Nö, die ist vorhin hier durchgelaufen.«

»Ehrlich?«

»Wenn ich's doch sag. Hat den Kinderwagen von der Hanna dabei gehabt.«

»Wie lange ist das her?«

Er blickte die anderen an. »So ne halbe, dreiviertel Stunde.«

Eine Diskussion hob an um die Richtigkeit dieser Feststellung, die mich wenig interessierte, denn ich würde Monika Ernst sowieso nicht mehr einholen.

»Wohin ist sie gegangen?«

Die Herren unterbrachen ihren Diskurs und blickten auf Paul Lobensteiner.

»Ja, da runter.« Paul deutete den Park entlang.

»Irgendeine Ahnung, wo sie hin wollte?«

Paul blickte auf den Boden und schlug die Augen nieder,

die anderen wirkten ein wenig verunsichert.

»Du weißt doch, dass ich unbedingt mit ihr sprechen muss.«

»Wir wissen nicht, wo sie hin wollte.«

»Wir oder du?«

»Wir.«

Das klang eindeutig, aber es klang auch so, als ob sie mehr wüssten, als sie bereit waren, mir im Moment zu sagen. Ich sollte versuchen, Paul Anfang der Woche allein zu treffen, um hier ein Stück weiter zu kommen.

»Ja dann … vielen Dank, die Herren.« Ich nickte Paul zu und schlenderte weiter in den Park hinein.

Monika Ernst blieb mir ein Rätsel. Was hatte sie zu verbergen? Was hatte sie mit dem Tod Hanna Fliegels zu tun? Warum schützten die Männer sie? Männliche Obdachlose wollten im Allgemeinen wenig mit ihren weiblichen Pendants zu tun haben – eine Haltung, die auf Gegenseitigkeit beruhte. Weibliche Obdachlose bekam man auf den Straßen wenig zu sehen. Sie machten in München höchstens 15 % der Nichtsesshaften aus, und waren sozialen Maßnahmen gegenüber zugänglicher.

Langsam überkam mich ein gewisses Hungergefühl, vielleicht sollte ich die U-Bahn nehmen und zur Münchner Freiheit fahren. Am Abgang zur U-Bahn Station sah ich zwei weitere Obdachlose, die in eine Seitenstraße hineingingen. Ich war mir nicht bewusst, dass es hier eine Unterkunft gab. Als ich die Straße überquert hatte und in die Seitenstraße hineinschaute, waren die beiden verschwunden.

Ich lief zur U-Bahn hinunter und fuhr zur Münchner Freiheit. Ich könnte ich bei Jean-Baptiste vorbeischauen, aber ich hatte noch nichts von Kommissar Schlosser gehört.

Ich hatte Lust, in den ‚Grafengarten' zu gehen, um meinen Magen und mein Gewissen zu beruhigen. Mal schauen, was von der Sonntagsspeisekarte übrig war.

»Servus, Bene.«

»Grüß Dich, Theo.«

Zumindest den Kommissar schien Theo wieder eingepackt zu haben.

»Dienst oder Schnaps?«

»Jetzt mach mal halblang. Es ist Sonntagabend.«

»Also Schnaps.«

»Nö, eher einen Côtes du Rhône und die Speisekarte.«

»Mit Vergnügen.«

Als ich mich der Speisekarte widmete, berührte mich eine Hand an der Schulter.

»Alles klar, Herr Kommissar?«

Die Stimme kannte ich, ein Blick überzeugte mich von der Richtigkeit meiner Annahme.

»Guten Abend, Frau Beinhauser. Zufälle gibt's.«

»Ach, ich esse hier öfters, Sie anscheinend auch, oder ermittelt die Mordkommission jetzt schon am Sonntagabend?«

»Wenn es sein muss, tun wir das, wie Sie wissen. Aber im Moment möchte ich eigentlich nur …«

»Bene, du hast einen Gast! Warum hast du nichts gesagt, ich hätte euch einen Tisch am Fenster gegeben.« Theo hatte ein spezielles Talent, immer im falschen Moment aufzutauchen. Wir mussten beide lachen.

»Nein, Theo«, sagte die Beinhauserin, »reiner Zufall«, und zu mir gewandt: »Aber wenn es Ihnen nichts ausmacht?«

»Gerne, nehmen Sie doch Platz.«

»Aber doch nicht hier direkt vor der Küche, Kinder, kommt, der Tisch dort drüben ist wie für euch gemacht.«

Manchmal musste man Theo einfach seinen Willen lassen.

»Ach, Theo, bringst du mir bitte einen …«

»... Côtes du Rhône?«

»Genau.«

»Ihr habt sogar beim Wein denselben Geschmack«, grinsend verzog er sich hinter die Theke und ich schaute Martina Beinhauser an.

11.

Der Tisch am Fenster bot ein wenig mehr Privatsphäre. Wie sollte ich ein Gespräch beginnen? Martina Beinhauser nahm mir die Entscheidung ab.

»Gibt's was Neues im Fall Fliegel? Oder sollte ich besser fragen, ob Sie Monika Ernst schon gesprochen haben?«

Die blauen Augen unter der roten Mähne blitzten herausfordernd.

»Was Sie so alles hören…«

»Gell!«

»Sie wissen, dass ich Ihnen offiziell gar nichts sagen darf. Die Information der Presse erfolgt ausschließlich…«

»… über Kriminaloberrat Theiss, ich weiß. Der aufhaltsame Aufstieg…«

»… des Arturo Ui, wollten Sie sagen.«

Sie schmunzelte. »Ich wusste gar nicht, dass Sie Brecht lesen. Aber Scherz beiseite, unser Gespräch hier ist natürlich »off the record«, wie die englischen Kollegen sagen. Wir kennen uns doch lange genug. Sie sollten wissen, dass Sie mir vertrauen können.«

»Komm in mein Netz, sagte die Spinne…«

Sie legte ihren Kopf leicht schräg und blickte mich an.

Glücklicherweise tauchte in diesem Moment Theo auf, um die Bestellung aufzunehmen – wir hatten die Karte noch nicht gelesen.

»Ich dachte, ihr hättet Hunger, Kinder?«

»Was empfiehlst du denn, Theo?«, fragte die Beinhauserin.

»Ich hätte da ein Kalbsrückensteak mit Maronenkruste, oder einen Saibling mit Kürbismarmelade.«

Ich schaute Martina an.

»Mir ist heute eher nach Fleisch.«

»Mir auch. Also das Kalb und vorher…«

»Deine Suppe, ich weiß schon.«

»Ihre Suppe?«

Sie musste lachen. »Theo macht eine ausgezeichnete Ochsenkraftbrühe, und die…«

»… zweimal, Theo.«

Theo schaute von Martina zu mir, grinste vielsagend und trollte sich in die Küche.

»Sie wollten mir gerade sagen, was Sie zu Monika Ernst herausgefunden haben.«

»Sie lassen nicht locker, oder?«

»Nö.«

»Woher wissen Sie, dass wir sie suchen?«

»Ich gehe bisweilen unter Brücken spazieren, wie Ihr junger Kollege Adil.«

Da schau her.

»Ich gehe davon aus, dass Sie die Vorgeschichte kennen und wissen, dass Monika Ernst und Hanna Fliegel miteinander unterwegs waren. Ich möchte gerne mit ihr sprechen, um herauszufinden, ob sie mit Frau Fliegel in der Nacht auf den 1. Dezember zusammen gewesen ist.«

»Das denke ich mir schon. Und?«

»Nichts. Monika Ernst taucht entweder da auf, wo ich nicht bin, oder sie verschwindet, nachdem ich nur von fern einen Blick auf sie werfen konnte.«

»Sind Sie sich sicher, dass es die Moni war?«

»Ziemlich. Einige meiner tippelnden Freunde haben sie nur wenig später im Luitpoldpark gesehen.«

Martina schaute aus dem Fenster heraus.

»Wissen Sie genaueres zu ihrem Aufenthaltsort?«, fragte ich.

Sie schien erleichtert, dass genau in diesem Moment die Suppentassen vor uns auftauchten und Theo uns einen guten Appetit wünschte.

»Au.« Martina hatte die Temperatur der Suppe ein wenig unterschätzt. »Theo!«

Aber Theo war schon mit einem Glas Wasser gekommen. »Vorsicht, Kinder, das kalte Kochen ist noch nicht erfunden.«

Wir löffelten vorsichtig unsere Suppe.

»Ist Ihnen die Frage unangenehm?«

»Ich weiß nicht, wie viel ich Ihnen erzählen kann. Ich stehe da im Wort – nein, sparen Sie sich die Frage, nicht bei Monika Ernst. Die würde ich genauso gerne wie Sie persönlich sprechen.«

»Hat es etwas mit dem Mord zu tun?«

»Nein, direkt nicht, sonst hätte ich Sie schon angerufen. Es waren eher vertrauliche Informationen aus der Obdachlosenszene und ich möchte da keine Quellen verstopfen.«

»Informationsquellen?«

»Eher Fleischtöpfe.«

»Da scheine ich ja genau richtig zu kommen«, meinte

Theo. »Aber dieses Kalb ist besser als jeder Fleischtopf. Worum geht's denn überhaupt?«

Die Beinhauserin drohte ihm scherzhaft mit dem Finger: »Das willst du gar nicht wissen.«

Als er zu einer Antwort ansetzte, schaute ich ihn an.

»Ja, dann«, murmelte er und überließ uns unserem Abendessen.

»Könnte es damit zu tun haben, dass ich in der Gegend um den Luitpoldpark überraschend viele Nichtsesshafte gesehen habe?«

»Eventuell. Ermitteln Sie doch ein wenig. Aber wenn's geht, nicht wie der Elefant in Porzellanladen. Halten Sie Ihren Chef auf Abstand.«

»Und was hat es mit der politischen Dimension auf sich, die mir Theiss beständig um die Ohren haut?«

»Das war nur ein Gespräch mit der Meerkatz, aus dem ich einen kleinen Ausschnitt gebracht habe. Sie wissen doch, wie es läuft: sie will ins Gespräch kommen, ich habe gerne einen guten Draht in den Landtag. Eine Hand wäscht die andere.«

»Manus manum lavat … hat das nicht Franz Josef Strauß gerne benutzt?«

»In die Ecke können Sie mich nicht stellen!«

»Ich weiß, ich weiß, aber Eva-Maria Meerkatz ist auch nur im Landtag …«

»… um Karriere zu machen, gewiss. Da ist sie nicht allein im politischen Alltag. Aber wenn man sich dessen bewusst ist, kann sie trotzdem eine nützliche Gesprächspartnerin sein.«

Theo tauchte wieder auf: »Wollt ihr noch ein Glas Wein?«

»Für mich nicht, ich sollte mich langsam aufmachen.«

»Nehmt wenigstens einen Espresso, Kinder.«

»Also gut.«

Wir tranken schweigend unsere Espressi.

»Ich glaube langsam, Sie haben ein ehrliches Interesse an diesem Fall.«

Ich spielte mit meinem leeren Glas.

»Wissen sie, ich bin Monika Ernst schon ein paar Mal begegnet und mein Bauchgefühl täuscht mich selten. Da stimmt etwas nicht.«

»Sollen wir doch noch ein Glas trinken?«

»Besser nicht, ich habe morgen auch einen frühen Start.«

»Gehen Sie das Christkind suchen?«

Ich schaute sie verblüfft an.

»Ihr Bruder hat geplaudert.«

»Schön wär's. Ich muss zu Theiss.«

»Beichten?«

»Berichten!«

Als wir vor dem Lokal standen, wollte ich sie fragen, ob ich sie zu U-Bahn begleiten sollte, aber sie kam mir zuvor.

»Bin weder Fräulein, weder schön …«, zitierte sie lächelnd.

»Wollen wir jetzt ein literarisches Duett aufmachen?«

»Ein anderes Mal, Benedict. Gute Nacht.«

»Gute Nacht, Martina.«

Hatten wir uns gerade geduzt?

12.

»Guten Morgen, Herr Schönheit. Hatten Sie auch einen Termin bei der Staatsanwaltschaft?«

Kann es Schlimmeres geben, als um halb elf dem Alten an der Eingangstüre zu begegnen?

»Nein, Herr Theiss, ich war bei Schlosser.«

»Und? Etwas Neues zu unserem Christkind?«

»Nach Meinung von Schlosser und der Kunstabteilung des Ordinariats, scheint es sich bei der Figur keinesfalls um ein wertvolles Stück zu handeln. Die Provenienz, wie er sich ausdrückte, sei äußerst zweifelhaft.«

»Also nicht von Cornelius?« Ich wusste gar nicht, dass Theiss ein solcher Kunstkenner war.

»Eher nicht. Man hat keine Ahnung, wo das Gerücht herkommt. Es stimmt, dass Kozicz die Figur der Pfarrei geschenkt hat, aber wo sie genau herkam, weiß niemand.«

»Also kein großer Verlust.«

»Laut meinem Bruder schon; allerdings eher ideeller Natur.«

»Nun, dass interessiert uns eher weniger, Herr Schönheit. Was gibt es sonst Neues, das ich wissen sollte?«

»Wir haben nach wie vor keinerlei Hinweise, außer der

vagen Beschreibung eines Pärchens, das eine dritte Person quasi die Straße hochgezogen haben soll. Ob die in den Pfarrgarten gegangen sind und wie sie da hätten hereinkommen können … keine Ahnung.«

»Das heißt, die Ermittlungen hängen fest.«

»Wir bemühen uns immer noch, in der Obdachlosenszene weiterzukommen. Mir ist gestern aufgefallen ...«

»Am Sonntag?«

»Ja, am Sonntag. Die Golfplätze hatten geschlossen.« Ich weiß, manche Bemerkungen sollte man sich verkneifen. Ist aber nicht immer einfach.

Er sah mich erwartungsvoll an.

»Ich hatte bemerkt, dass in der Nähe des Luitpoldparks relativ viele Obdachlose sind, obwohl es meines Wissens dort keine sozialen Einrichtungen gibt, die sich mit ihnen befassen.«

Theiss schaute kritisch. »Das ist doch beim Schwabinger Krankenhaus.«

Da hatte er Recht, soweit hatte ich gar nicht gedacht. Wie kam er darauf? Ob es da eine Verbindung gab?

»Halten Sie sich da raus.«

»Bitte?«

»Halten Sie sich da raus. Da gibt es, meines Wissens, Ermittlungen, die uns, und Sie im Besonderen, nichts angehen. Ich möchte nicht, dass da Kollegen gefährdet werden, nur weil irgendwelche Leute von uns da rumlatschen.«

So kannte ich Theiss ja gar nicht. Wann immer etwas erfolgversprechend war, waren wir normalerweise dabei.

»Staatsschutz?«

»Ach, Unsinn, Schönheit. Vergessen Sie es. Und wenn Sie

in diesem Teil der Stadt nach Monika Ernst suchen, bitte mit dem nötigen Fingerspitzengefühl.«

Ich schaute ihn an.

»Das wär's. Und sagen Sie das auch Brunner und Uzman. Wenn da nicht bald etwas rauskommt, muss da jemand anders ran.«

»Immer noch Probleme mit der Politik?«

»Kümmern Sie sich nicht um Dinge, von denen Sie keine Ahnung haben. Schönen Tag noch.«

Sprach's und verschwand in seinem Büro.

»Morgen, Adil.«

»Guten Morgen, Bene.«

»Sagt mal, habt ihr mir …«, ich schaut mich um, »wo ist Klaus?«

»Kaffee holen.«

»Ist die Maschine kaputt?«

»Er meinte, er bräuchte Kaffee und keine Plörre.«

In diesem Moment donnerte die Tür gegen die Wand und Klaus kam mit drei doppelten Espressi herein.

»Wusste ich's doch, dass du jetzt da bist.«

»Irgendwann wirst du dem alten Laden mit deiner Art und Weise, die Türen zu öffnen, noch den letzten Rest geben. Danke.«

Wir tranken unseren Kaffee.

»Habt ihr mir den vorläufigen Bericht zusammengestellt?«

»Klar.«

»Mit den Zusammenfassungen aller Aussagen, der KTU und der Gerichtsmedizin?«

»Logisch.«

Er reichte mir einen deutlich angeschwollenen Akt.

»Willst du den lesen, oder ist der für Theiss?«

»Warum?«

»Wir könnten dir eine Zusammenfassung anbieten.«

»Na, dann los.«

»Wir glauben, dass die Ernst und die Fliegel eine Wohnung in Schwabing haben müssen. Alles andere macht keinen Sinn.«

»Und wie sollen sie die finanzieren?«

»Das kann nur über die Ernst laufen. Die Fliegel hat keinen roten Heller. Die ist damals wirklich abgestürzt. Aber die Ernst ist Jahre nach ihrer Verurteilung quasi aus dem Nichts aufgetaucht, hat sich hier und da sehen lassen, war auf der Straße unterwegs, aber auch immer wieder mal verschwunden. Und spätestens seit 2009 hatte sie die Fliegel im Schlepptau. Um die ist es danach auch ruhiger geworden.«

»Habt ihr über die Ernst recherchiert?«

»Auf welcher Basis? Der Staatsanwalt gibt uns nichts.«

»Ihr seid doch sonst nicht auf den Kopf gefallen! Einwohnermeldeamt? Steuer?«

»Das haben wir gecheckt. Alles negativ. Amtlich existiert sie nicht. Zumindest nicht in München. Und für alles weitere brauchen wir das Go vom Staatsanwalt.«

»Ich rede mal mit Theiss. Sonst noch was?«

Die beiden schauten einander an.

»Es gibt da Andeutungen, dass sie anderen Obdachlosen Medikamente beschafft hat.«

»Gegen Geld?«

»Offenbar nein.«

»Und was für Medikamente?«

»Schmerzmittel.«

»Also Betäubungsmittel.«

»Vermutlich. Wie gesagt, wir haben nur Andeutungen.«

»Verfolgt das mal weiter. Und hört euch um, ob es irgendetwas mit dem Schwabinger Krankenhaus zu tun hat.«

»Wie kommst du darauf?«

»Ich bin gestern ein wenig spazieren gegangen, und da hängen deutlich mehr Obdachlose rum als früher. Außerdem hat Theiss heute Morgen etwas von laufenden Ermittlungen gefaselt. Lasst doch eure Verbindungen auf dem kleinen Dienstweg spielen, ich wüsste gerne ein wenig mehr.«

»Geht klar.«

»Aber bitte nicht vor Ort, ja? Ich will mich erst einmal selber umschauen.«

13.

Das Krankenhaus München Schwabing sieht von außen fast wie eine Besserungsanstalt aus. Nein, ernsthaft. Es ist ein riesiges, von einer drei Meter hohen Mauer umgebenes Areal, das Innenleben ist auf unzählige Häuser verteilt. Wie könnte man da rein kommen, ohne Aufmerksamkeit zu erregen? Ich wollte mir ein Bild verschaffen und nicht unbedingt durch den Haupteingang, möglichst noch unter Vorlage des Dienstausweises, hineinmarschieren.

Ich lief an der Außenmauer entlang, um zu sehen, wie leicht der Zugang zu den innen liegenden Gebäuden war. Eine Möglichkeit war die Baustellenzufahrt auf der Westseite. Der Bereich war eingezäunt und Außenstehende ohne Schutzhelm würden vermutlich schnell auffallen.

Im östlichen Bereich, in dem sich scheinbar überwiegend Verwaltungsgebäude befinden, kam man problemlos auf das Gelände. Obdachlose fielen mir diesmal nicht auf, als ich von der U-Bahnhaltestelle Richtung Klinikmauer lief. Der Zugang für Fahrzeuge war über eine Schranke geregelt, aber Fußgänger schienen niemanden zu interessieren.

Ich betrat das Gelände und lief eine Art Hauptstraße entlang; einen Plan der Klinik hatte ich mir zwar besorgt,

Einsatzkräften standen solche Pläne zur Verfügung, aber das half nur wenig, da ich mir nicht sicher war, was ich suchte. Ich lief an der Rückfront eines großen Hauses entlang, in dem überwiegend Patientenzimmer zu sein schienen. Links vor einem Haus standen ein paar Männer, die rauchten. Ich trat dazu.

»Servus.«

Kopfnicken.

»Wissen Sie zufällig, wo man hier einen Kaffee bekommen kann?«

»Im Bistro«, nuschelte einer.

»Gibt's nicht was Näheres?« Manchmal haben Versuchsballons ja Erfolg.

»Gehen Sie halt da drüben in die Hämatologie. Der Automat ist für hiesige Verhältnisse nicht schlecht.«

»Schönen Dank.«

»Werdender Vater?«

Ich musste lachen.

»Sehe ich so aus? Nein, ich warte auf eine Verwandte.«

»Hier in der Schmerzambulanz?«

»Nein, in dem Haus da drüben.«

»Ach so, in der Psychiatrie.«

Autsch.

»Vielen Dank, auf jeden Fall.«

Stimmt, der lange Bau da vorne war die Psychiatrie, dahinter lag das Zentrum für Suchtkrankheiten.

Ich folge dem Rat der Herren und ging in das gegenüberliegende Gebäude, um einen Kaffee aufzutreiben. Mein suchender Blick beim Betreten des Gebäudes schien den

Argwohn einer Dame in hellblau geweckt zu haben.

»Kann ich Ihnen helfen?«

»Ich suche den Kaffeeautomaten.«

»Wir sind ein Krankenhaus und keine Cafeteria. Sind Sie Patient?«

»Nein, ich begleite meine Tante. Sie hat drüben einen Termin.«

»Drüben?«

»Na ja, in der Psychiatrie.«

Ein prüfender Blick.

»Dort gibt es aber auch Kaffeeautomaten.«

»Hab ich aber nicht gefunden. Und die Herren dort haben mich hier hinein geschickt.«

»Wer? Die Tunichtguts vor der Schmerzambulanz? Ich könnte Ihnen da Sachen erzählen … aber Sie wollten ja einen Kaffee trinken … am besten gehen Sie hier den Gang entlang und dann über die Treppe links in den ersten Stock.«

Ich musste sie so entgeistert angesehen haben, dass sie Mitleid bekam.

»Na gut, ich wollte mir auch gerade einen holen. Kommen Sie mit.«

Es war einfacher, als ich befürchtet hatte, und der Kaffee war durchaus genießbar.

»Was meinten Sie vorhin, als Sie sagten, Sie können mir so einiges über die Herren vor der …«

»… Schmerzambulanz ...«

»… genau, erzählen?«

»Warum interessiert Sie das?«

»Ich bin ein neugieriger Mensch.«

»Das geht sie doch gar nichts an.«

»Sagen wir mal, ich bin von Beruf neugierig.«

»Sind Sie etwa Journalist? Die mag der Herr Professor überhaupt nicht. Bringen nur Unruhe ins Haus, sagt er.«

Ich machte mir eine mentale Notiz, mit der Beinhauserin über das Schwabinger Krankenhaus zu sprechen.

»Nein, keine Bange, ich bin weder vom Fernsehen, noch von der Zeitung.«

»Aber eine kranke Tante haben Sie hier auch nicht.«

Ich schmunzelte.

»An Ihnen ist ja eine Kriminalistin verloren gegangen.«

»Also?«

»Ich fürchte, der berufsmäßige Kriminalist von uns beiden bin ich.«

Sie schaute mich kritisch an. Ich zeigte ihr halbverdeckt meinen Dienstausweis.

»Bitte, Schwester ...«

»... Oberschwester.«

»Bitte, Oberschwester, das muss im Vertrauen bleiben. Ich ermittele hier nicht offiziell.«

Sie senke ihre Stimme. »Worum geht es denn?«

»Um Mord.«

»Bitte?«

»Haben Sie von dem Mord an der Obdachlosen in der Pfarrei St. Agathe gehört?«

»Natürlich habe ich das. Der arme Herr Pfarrer Schönheit. Wissen Sie, ich wohne da ums Eck …«

Das hatte mir gerade noch gefehlt. Offenbar ein Jean-Baptiste-Fan.

»Genau, Oberschwester. Wir haben Hinweise bekommen,

dass sich eine Vertraute der Toten öfters hier auf dem Gelände aufhält.«

»Wo haben Sie das gehört?«

»Das kann ich Ihnen nicht sagen. Meine Mitarbeiter haben sich ein wenig umgehört.«

»Ihre Mitarbeiter?«

»Ich bin Kriminalrat.«

In Deutschland hatten Titel ihr Gutes, ich schien in ihrer Achtung deutlich gestiegen zu sein.

»Ich kann mir nicht vorstellen, wie die hier auf das Gelände kommen sollte.«

»Ich bin auch einfach hereinspaziert.«

»Ja, Sie, Herr Kriminalrat.« Sie schien Jeans, Pullover und Baskenmütze zu ignorieren. »Es stimmt schon, bisweilen sieht man hier Gestalten, bei denen man nicht so genau weiß, wo die hingehören. Aber es geht mich ja auch nichts an.«

»Haben sie eine Vermutung?«

»Man sieht sie eher abends und mehr in diesem Teil des Klinikgeländes.«

»Abends?«

»Ja. Kommen Sie einfach später noch einmal wieder.«

»Und Sie haben keine Ahnung, worum es da gehen könnte?«

»Ich … nein, ich möchte nichts dazu sagen. Ich möchte niemand Unrecht tun.«

Mir fiel das gealterte Bild von Monika Ernst ein; ich zog es aus meiner Jackentasche.

»Sagen Sie mal, Oberschwester, haben Sie diese Frau, oder eine Frau, die ihr ähnlich sieht, schon einmal hier oder in der Nähe der Klinik gesehen.«

»Warum?«

Sie war immer noch kritisch.

»Sie ist eine wichtige Zeugin, vielleicht sogar die Schlüsselzeugin zur Aufklärung unseres Mordfalls in St. Agathe.«

»Mord?«

Las die Frau keine Zeitung?

»So leid mir es tut, ja. Höchstwahrscheinlich Mord.«

»Tut mir leid, Herr Kriminalrat, aber ich kann mich nicht an die Frau erinnern.«

»Wenn Sie sie doch sehen sollten, rufen Sie mich bitte an.«

Ich gab ihr meine Karte.

»Gewiss.«

»Und wenn ich Sie noch einmal sprechen möchte, Schwester …« Ich warf einen Blick auf ihr Namensschild. »… Elisabeth?«

»Wenn es unbedingt sein muss, finden Sie mich auf Station 6d.«

Damit ließ sie ihren Kaffeebecher in den nächsten Mülleimer fallen und marschierte den Gang hinunter.

Gab es wirklich noch solche Oberschwestern? Offensichtlich.

14.

Ich verließ das Gebäude und ging Richtung Isoldenstraße. Was mochte in dieser Klinik vorgehen, dass es jemand wie Schwester Elisabeth schwer fiel, darüber zu sprechen?

Im Moment schienen größere Teile des Krankenhausgeländes eine Baustelle zu sein. Gebäude wurden erneuert, Parkplätze neu angelegt, Straßen neu asphaltiert. Gegebenenfalls gab es ja dort einen unkontrollierten Zugang zum Gelände. Die Baustelle war zwar eingezäunt, aber die Zaunteile ließen sich leicht verschieben. Nachdem niemand zu sehen war, zwängte ich mich zwischen zwei Zaunteilen durch und ging über die Baustelle Richtung Mauer.

»Hallo! Was machen Sie da?«

Ein Weißkittel stand am Zaun. Ob meine Baskenmütze sein Misstrauen erregt hatte?

»Bauaufsicht, Dr. Schönheit. Wo finde ich den Bauleiter?«

Schulterzucken.

»Warum fragen Sie dann?«

»Ja, hier kann doch nicht jeder herumspazieren.«

»Ich bin nicht jeder, schönen Tag noch.«

Er verzog sich in Richtung eines Klinikgebäudes. Frechheit siegt eben manchmal doch.

Die Gitter in Richtung Straße ließen sich ebenso einfach verschieben, wie die Gitter auf dem Gelände. Fußspuren auf dem lockeren Untergrund deuteten darauf hin, dass ich nicht der Einzige war, der diesen Zugang benutzte. Sollte ich Klaus und Adil benachrichtigen? Jagte ich nur einem Gespenst nach? Wenn ich mich schon blamierte, wollte ich es wenigstens ohne Publikum tun. Es war keine sechs Uhr, auch wenn es schon stockfinster war. Sollte ich hier wirklich eine Ein-Mann-Überwachung inszenieren? Wenn Theiss das erführe, wäre der Teufel los.

Um nicht gar zu verdächtig herumzustehen, ging ich zu einer Bushaltestelle zum Nachdenken. Auf der gegenüberliegenden Seite hielt ein Bus, ein paar Leute stiegen aus und machten sich auf ihren Heimweg, einige schienen das Abendessen in Supermarkttüten dabei zu haben. Alles in allem eine bürgerliche Gegend; ich fragte mich langsam, ob wir hier auf der richtigen Spur waren.

Als ich mich umdrehte, sah ich ... ja was? Ich war mir nicht sicher. Eine Gestalt, die einen Wagen schob, hatte die Straße überquert und war zwischen dem Baustellenzaun verschwunden. Litt ich schon unter Halluzinationen?

Als ein Bus die Haltestelle anfuhr, verließ ich das Wartehäuschen und lief Richtung Baustellenzufahrt. Beim Blick durch das Gitter war niemand zu sehen, aber im Licht der Straßenbeleuchtung konnte man die Spuren eines Wagens erkennen, der durch die Lücke geschoben worden war. Sollte es wirklich Monika Ernst gewesen sein? Ich blickte mich noch einmal um. Die Straße war leer, niemand sonst war zu sehen. Ich schob den Zaun auseinander und betrat zum zweiten Mal an diesem Tag das Klinikgelände.

Nachdem sich meine Augen an die Dunkelheit gewöhnt hatten, sah ich trotzdem nur Schemen, die sich hinter den Fenstern im Neonlicht bewegten. Es war nichts zu sehen von der Person, die hier vor sehr kurzer Zeit entlang gegangen sein musste. Ich bewegte mich langsam und versuchte, im Schatten zu bleiben. Nachdem ich die Baustelle hinter mir gelassen hatte, verharrte ich im Schatten eines kleinen Hauses; die Außenbeleuchtung in diesem Teil des Geländes funktionierte nur teilweise.

In den anliegenden Gebäuden wurde offenbar das Abendessen auf Wagen abtransportiert. Ich hörte Schritte auf Kies und drückte mich enger an das Gebäude. Ein älterer Mann, mit einer in die Stirn gezogen Schiebermütze und einem dunklen Rucksack, der wohl aus Bundeswehrbeständen stammte, auf dem Rücken, kam durch die Baustelle. Auch er schien peinlich darauf zu achten, den Vorteil des Schattens auszunützen, und bog vor dem Pathologischen Institut links ab. Bevor ich mich entschlossen hatte, ihm zu folgen, signalisierte ein metallisches Geräusch, das noch jemand den Zaun verschoben hatte. Wieder ein Mann, in den Fünfzigern, verschlissener Parka, Wollmütze, ging vorsichtig am Rand der Baugrube entlang, um seinem Vorgänger in Richtung Psychiatrie zu folgen. Was hatte das alles zu bedeuten?

Ich löste mich aus dem Schatten des Gebäudes und ging den beiden nach, als ich erneut Schritte vernahm. Schnell duckte ich mich in einen dunklen Hintereingang. Wiederum ein Mann, diesmal ein wenig jünger, alte Turnschuhe. Obwohl er keine Mütze trug, konnte ich sein Gesicht nicht sehen.

Ich versuchte, im Schatten zu bleiben und ging den Gestalten langsam nach. Sie hielten sich nah am Gebäude, bewegten sich auf einen Hintereingang zu, blickten sich um und betraten das Gebäude. Ich blieb im Schatten eines anderen Gebäudes stehen und wartete ab. Zunächst kamen keine weiteren Personen aus Richtung Baustelle, darauf verließen der Parka und die Turnschuhe das Gebäude, beide mit einem Paket in der Hand. Ich verfluchte meinen Eigensinn, hier allein auf Tour zu gehen; mit den Kollegen als Backup hätten wir die beiden aufgreifen können. So konnte ich sie nur laufen lassen und versuchen, herauszufinden, was sich innerhalb des Gebäudes abspielte.

Ich verharrte für eine weitere Viertelstunde im Dunkel, aber es schienen sich keine weiteren Personen zu nähern. Zügig ging ich über den Rasen auf das Gebäude zu, trat durch die Tür und fand mich umgeben von Servierwagen, auf denen offenbar die Reste des Abendessens der Patienten für den Rücktransport in Küche bereitgestellt waren.

»Magst a no was?«

Ich fuhr herum. Eine stämmige Küchenhilfe mit kurzen braunen Haaren hatte die Arme in die Seiten gestemmt.

»Bist fei spät dran. Hast a Taschn dabei?«

»Na …«

»Dann gib I dir eine ... aber die bringst mir fei morgen wieder mit, hast mi?«

»Ja, gerne.«

Sie sah mich ein wenig misstrauisch an, zog aber doch eine Plastiktüte aus einer Schublade, schlug Wurst- und Käsescheiben in Cellophanfolie ein und steckte ein paar Scheiben Brot dazu.

»An Guatn.«

»Ich dank auch recht schön.«

»Passt scho. Schau, dass weiterkommst.«

Da stand ich wieder vor dem Gebäude, versehen mit einer Plastiktüte gefüllt mit Klinikabendessen, und versuchte, dem Licht der Lampe über dem Hintereingang zu entkommen. War das das Geheimnis des Schwabinger Krankenhauses? Obdachlose konnten sich hier für die Nacht verpflegen? Ich hatte gedacht, dass es genügend karitative Einrichtungen gäbe, die diese Aufgabe wahrnehmen. Bei den Ermittlungen vor vier Jahren hatte ich gleichwohl genügend Menschen erlebt, die weder dem Staat noch seinen sozialen Einrichtungen über den Weg trauten und für die ihre Unabhängigkeit das Maß aller Dinge war.

Aber wo war Monika Ernst, wenn sie es überhaupt gewesen war, geblieben?

Ich schlich den Bauzaun entlang, um das Gelände zu verlassen, schlüpfte durch das Tor und machte mich auf den Heimweg.

Als ich an der Bushaltestelle vorbei ging, trat ein Mann auf mich zu.

»Guten Abend, Herr Schönheit.«

Ich kniff die Augen zusammen, um im grellen Licht der Straßenbeleuchtung ein Gesicht zu erkennen.

»Herr Mittermeier?«

»In der Tat. Man hatte mich schon vor Ihren Alleingängen gewarnt. Schauen Sie bloß, dass Sie hier verschwinden; wir sprechen uns morgen.«

Ich schaute ihn an, nickte und ging weiter.

Max Mittermeier. Drogenfahndung.

Was hatte Theiss gesagt? Ich solle mich vorsichtig bewegen.

Offenbar war ich nicht vorsichtig genug gewesen.

15.

Der Morgen war heiter, aber kalt, im Radio hatte ein Wetterfräulein mit zwitschernder Stimme etwas von einem Azorenhoch und Tageshöchsttemperaturen von Minus 8 Grad erzählt. In meiner Tasche machte sich mein Handy bemerkbar.

Theiss.

Das war ja flott gegangen.

»Ja.«

»Ich muss mit Ihnen sprechen, Schönheit.«

Das klang nach verlorener Contenance.

»Ich bin schon auf dem Weg, Herr Theiss.«

»Nicht wirklich, oder?«

»Wenn die Ampel grün wird, fahre ich die Theatinerstraße hoch.«

»Na, dann bis gleich.«

Weg war er. Kollege Mittermeier schien keine Zeit verschwendet zu haben. Ich war gespannt, worüber er sich beklagen wollte, denn unauffälliger als ich hätte man kaum auftreten können. Ich schob das Rad die Fußgängerzone hoch. Noch mal das Handy. Hatte der Alte etwas vergessen? Die Rufnummer war unterdrückt.

»Schönheit.«

»Guten Morgen, Benedict.«

Damit hatte ich jetzt nicht gerechnet.

»Hallo, Martina.«

Wie schwiegen beide einen Moment.

»Ich freue mich, dass du anrufst.«

»Ich muss dich sehen.«

Das lang ja vielversprechend. Ich konnte es mir nicht verkneifen: »Ein Rendezvous?«

»Depp.« Das war schon eher Martina Beinhauser, wie ich sie kannte.

»Nein, ernsthaft. Du bist da gestern ein wenig ins Fettnäpfchen getreten.«

»Wie meinst du das? Wir haben uns doch gestern gar nicht gesehen.«

»Nicht bei mir, Benedict, bei deinen Kollegen.«

Jetzt war ich sprachlos.

»Sag mal, hast du mit Mittermeier gefrühstückt?«

»Ich habe dir schon einmal gesagt, dass ich viel höre. Davon lebe ich.«

»Ich bin auf dem Weg zu Theiss.«

»Mittermeier scheint dich nicht zu mögen. Hast du wirklich deine Kompetenzen überschritten?«

»Quatsch, so gut solltest du mich doch mittlerweile kennen.«

»Eben deshalb frage ich.« Ich musste lachen. »Mittagessen?«

»Lido?«

»Nein, das ist mir zu nah bei uns und der Staatsanwaltschaft. Magst du Chinesisch?«

»Ja, gerne. Gehen wir zu dem kleinen Chinesen ums Eck vom Hofbräuhaus? Um eins?«

»Ich freue mich auf dich.«

»Ich mich auch.«

Jetzt hätte ich beinahe den Beamten am Eingang auf die Gabel genommen.

»Nicht so stürmisch, Herr Kriminalrat.«

»Morgen, Herr Benz, Entschuldigung, ich war gedanklich schon beim Chef.«

»Und dann lächeln Sie?«

Ich grinste. »An Ihnen ist ja ein Ermittler verloren gegangen.«

Ich verkniff mir einen Sprint in den vierten Stock, schließlich wollte ich nicht keuchend vor Theiss hintreten. Ich sollte öfter mal wieder im Englischen Garten joggen.

»Bitte, nehmen Sie Platz.«

Wenn der Chef formell war, musste man sich besonders in Acht nehmen.

»Ich hatte heute Morgen ein unangenehmes Gespräch mit Kriminaldirektor Türk.«

Das war der Leiter des Rauschgiftdezernats, Mittermeiers Chef. Er hatte also alles an die große Glocke gehängt.

»Sie sollen sich in Ermittlungen von KHK Mittermeier eingemischt, beziehungsweise diese ernsthaft gefährdet haben. Was sagen Sie dazu?«

»Möchten Sie wirklich meine Version hören?«

»Sagte ich das nicht eben?«

Ich erklärte ihm genau, was gestern vorgefallen war und warum ich nach wie vor der Meinung war, dass rund um das Schwabinger Krankenhaus der Schlüssel zur Klärung unseres Mordfalles lag.

Er schaute mich nachdenklich an.

»Mal abgesehen davon, dass ich Ihr eigenmächtiges Vorgehen missbillige - ich habe Ihnen oft genug gesagt, dass Alleingänge gefährlich sind - sehe ich hier keinen Grund, warum Mittermeier einen solchen Sturm im Wasserglas losgetreten hat.«

»Ich befürchte, das hat persönliche Gründe.«

»Ja?«

»Das gehört nicht hierher, Herr Theiss.«

»Doch nicht die alte Geschichte um dieses fragwürdige Institut mit seinen Entziehungskuren und der Toten an der Isar?«

Manchmal konnte man direkt meinen, der Alte saß doch nicht zu Unrecht auf seinem Stuhl.

»Ich befürchte doch.«

Wir hatten damals den ganzen Laden im Rahmen einer Mordermittlung auffliegen und Mittermeiers Leute recht alt aussehen lassen.

»Was ein Unsinn. Und Sie glauben, es gibt einen Zusammenhang zwischen unserer Toten und dem Schwabinger Krankenhaus?«

»Was können Sie mir zu den Ermittlungen der Drogenfahndung sagen, Herr Theiss?«

Er zögerte.

»Ich weiß selbst nicht sonderlich viel. Türk scheint den Kreis bewusst klein zu halten. Es geht um Betäubungsmittel; die Innenrevision der Stadt hat Fehlbestände in erheblichem Maß festgestellt und die Polizei hinzugezogen. Mittermeier scheint seit über zwei Monaten zu ermitteln, ohne zu greifbaren Ergebnissen gekommen zu sein.«

»Deshalb ist er so nervös.«

»Mag sein. Aber für Sie gilt, nach wie vor, äußerste Vorsicht. Denken Sie daran, Herr Kollege, wir brauchen zwar Ergebnisse, aber ich habe nicht die geringste Lust, dass ich oder einer meiner Männer zum Sündenbock für fehlgeschlagene Ermittlungen bei der Rauschgiftfahndung gemacht werden.«

»Ich bleibe vorsichtig, Herr Theiss. Aber sagen Sie Türk, seine Leute sollen bei der Pressearbeit ein wenig behutsamer vorgehen. Ich hatte heute Morgen schon einen Anruf von der Beinhauserin.«

»Zu den gestrigen Vorfällen?«

»Ja.«

»Also, das ist doch die Höhe«, fuhr Theiss auf, hatte sich jedoch gleich wieder im Griff. »Kommt da was nach?«

»Martina Beinhauser und ich fahren einander selten in die Parade, Herr Theiss. Sie weiß, dass für sie deutlich mehr drin ist, wenn sie kooperiert.«

Wobei ich mir Kooperation durchaus noch auf anderen Ebenen vorstellen konnte. Das sagte ich jetzt aber besser nicht.

»So, so«, er spielte mit seiner Brille. »Na, dann schauen Sie, dass Sie was zustande bringen. In neun Tagen ist Weihnachten, da möchte ich die Kuh gerne von Eis haben.«

»Kalt wird es ja.«

Er schaute fragend.

»Na, wegen des Eises.«

»Raus! Wenn ich Sie auf dem Nymphenburger Kanal Schlittschuh laufen sehe, bevor der Fall gelöst ist, dann setzt es was.«

Auf dem Weg nach draußen drehte ich mich noch einmal um.

»Wir müssten weitere Fakten zu Monika Ernst herausfinden. Haben wir Ihren Segen?«

»Tun Sie, was Sie nicht lassen können, aber finden Sie den Täter!«

»Danke.«

Die Tür fiel ins Schloss.

16.

»Benedict, du sollst zum Alten kommen!«

»Schon passiert, Adil. Was habt ihr herausgefunden?«

»Willst du nicht erst einmal einen Kaffee?«

Robert Theiss hätte es fast geschafft, mich mit seiner Hektik anzustecken. Ich schaute mich um.

»Klaus ist auf dem Weg.«

»Na gut. Der Alte hat weitere Recherchen zu Monika Ernst abgesegnet, also klemmt euch dahinter. Wenn ihr ein wenig mehr Einfluss braucht, bringt Theiss ins Spiel. Wenn es sein muss, auch beim Staatsanwalt. Was habt ihr sonst erreicht?«

»Wir haben uns bei den Kollegen vom Rauschgiftdezernat umgehört.«

»Und? Habt ihr was Greifbares zu diesen angeblichen Medikamentendeals?«

»Woher weißt du denn …«

Ich richtete meinen Blick nach oben.

»Ach so. Der Ursprung der Unregelmäßigkeiten scheint in der Schmerzambulanz zu liegen. Die Kollegen haben eine kleine Gruppe von Ärzten und Schwestern in Verdacht.«

Schmerzambulanz. Wenn ich mich richtig erinnerte, war

es das Gebäude, vor dem ich meine kleine Konversation mit der rauchenden Männergruppe hatte. Die gleiche Ecke wie die Baustelle und die barmherzige Küchenhilfe. Der Knoten schürzte sich.

»Habt ihr Namen?«

»Zwei, aber absolut vertraulich. Dr. med. Joachim Oberwasser, seines Zeichens Privatdozent, und Dr. med. Hiltrud Grosjean.«

»Und?«

»Es wäre geradezu lebensmüde, da jetzt weitere Informationen einzuholen. Bei Türk & Co. würden sämtliche Alarmglocken klingeln.«

»Hat euch das früher abgehalten?«

Die Tür flog mit dem üblichen Schwung auf. »Morgen, Chef.« Der Duft von frischen Espresso war ungemein belebend.

»Danke.« Wir meditierten kurz über die heiße, braune Flüssigkeit vor uns.

»Wie weit …«, setze Klaus an.

»Er will, dass wir mehr über die beiden Ärzte herausfinden.«

»Bitte?«

»Stellt euch nicht so an. Macht es vorsichtig, ihr seid doch keine Anfänger. Ihr wisst doch, wie man an Informationen kommt, ohne mit der Tür ins Haus zu fallen.«

»Das stellst du dir so einfach vor.«

»Bitte, Leute. Ich muss mehr über die Zusammenhänge wissen. Ich wette, dass unsere Tote mit dieser Sache zusammenhängt. Theiss will bis Weihnachten die Kuh vom Eis haben.«

»Die, bitte, was?«

»Ihr habt mich schon verstanden.«

Die beiden machten sich an die Arbeit, während ich mich den unangenehmeren Seiten des Beamtendaseins widmete, dem Papierkrieg.

»Kommst du mit in die Kantine?«

Ich fuhr hoch. Es gab nichts Einschläfernderes als Dienstreiseabrechnungen. Ich schaute auf meine Armbanduhr: es war zehn vor eins. Zeit für Vollgas.

»Nö, Leute, ich hab was Besseres vor.«

Bevor ich mir ihre Kommentare anhören musste, stob ich die Treppe hinunter.

Nachdem ich verbotenerweise durch die Fußgängerzone geradelt war, fand ich sogar einen freien Lampenmast, um meinen Drahtesel an die Kette zu legen. Martina saß schon im Restaurant und beäugte die Speisekarte.

»Ciao, Bella.«

»Hallo, Benedict.«

»Entschuldige die Verspätung.«

»Hat es länger gedauert mit Theiss?«

»Auch. Ich musste meine Mannen noch von der Notwendigkeit eines Arbeitsauftrages überzeugen.«

Sie schaute mich fragend an.

»Sie sollen wildern gehen.«

»Nicht unriskant.«

»Sind ja keine grünen Jungs mehr.«

Die Bedienung kam und wir bestellten.

»Was weißt du denn?«, fragte ich Martina.

»Über diese Drogengeschichte? Dass im Schwabinger

Krankenhaus seit Wochen ermittelt wird, weil städtische Revisoren größere Missstände aufgedeckt haben. Soviel ich weiß, bis jetzt ohne große Ergebnisse.«

»Dann weißt du etwa genau so viel wie ich. Nur dass ich glaube, dass es einen Zusammenhang mit unserem Mord gibt.«

Ich erzählte ihr von meinen Besuchen im Schwabinger Krankenhaus und von dem Kinderwagen, der mich langsam schon im Traum verfolgte.

»Ich habe Bedenken, dass Monika Ernst, wenn wir sie großflächig unter Einbeziehung der Medien suchen, abtauchen wird.«

»Da dürftest du Recht haben. Ich habe mich vorsichtig umgehört, um etwas über ihre Unterkunft herauszufinden. Ich weiß zwar nicht, wie die Ernst das macht, aber es scheint niemand auch nur die geringste Ahnung zu haben, wo sie lebt.«

»Ich denke, ich werde mich, Drogenfahndung hin oder her, ein wenig mehr in dieser Ecke von Schwabing herumtreiben. Ich denke, Theiss kann Türk schon klar machen, dass wir ein berechtigtes Interesse haben und uns eben nicht wie die Elefanten im Porzellanladen aufführen werden.«

»Das hatte ich dir ja schon geraten.«

Ich griff nach ihrer Hand, als die Bedienung mit unserem Essen erschien. Martina lächelte.

»An dem Timing musst du noch ein wenig arbeiten.«

Sie griff zwischen den Schüsseln durch und legte ihre Hand auf meine. »Manmanchi.«

»Bitte?«

»Guten Appetit, Bene!«

»Kannst du chinesisch?«

»Fünf Worte, oder so.«

Ich schaute ihr in die Augen. Ich war gespannt, was sich noch alles hinter diesem spitzbübischen Leuchten verbarg.

17.

Mein Vater war der Meinung, dass Handys eine Erfindung des Teufels seien; es gab Tage, da gab ich ihm uneingeschränkt Recht. Auf meinem Weg nach Schwabing rappelte es unaufhörlich in meiner Jackentasche. Klaus und Adil hatten weitere Infos zu den Ärzten, aber nichts, was uns konkret weiterbrachte. Beide schienen deutlich mehr Geld auszugeben, als sie verdienten, und es gab Hinweise auf Immobilienbesitz im Ausland.

Und Frau Meerkatz habe angerufen.

Ich sagte Klaus, er solle sie beim nächsten Anruf an den Chef verweisen, in die Nesseln wollte ich mich nicht setzen.

An der nächsten Ampel kam der nächste Anruf. Rufnummer unterdrückt. Ich freute mich auf Martina, aber es kam anders.

»Jap.«

»Wir müssen reden, Schönheit.«

»Mittermeier?«

»Ja.«

»Worüber?.«

»Mir sitzt mein Chef so im Genick, wie Ihnen der Ihre.«

Also daher wehte der Wind. Türk hatte ihn sich zur Brust

genommen.

»Wenn Sie ernsthaft zusammenarbeiten wollen, können wir uns gerne treffen. Es sind zwei Fälle und wir können beide nur gewinnen.«

»Wann?«

»Heute, morgen ... mir egal.«

»Sagen wir, morgen. Trinken Sie immer noch so viel Espresso?«

Was sich so alles rumspricht.

»Schon.«

»Um halb zehn am Alten Peter?«

»Können wir machen. Links oder rechts?«

Mal schauen, ob er sich wirklich auskannte.

»Im San Pietro.«

»Also, links.«

»Bis morgen.«

Es gab zwei italienische Cafés am alten Peter, das linke hieß in der Tat San Pietro.

Es wurde schon langsam dunkel, als ich bei meiner Wohnung ankam. Kaum hatte ich die Tür hinter mir geschlossen: Telefon.

»Schönheit.«

»Herr Kriminalrat?«

»Ja.«

»Hier ist Oberschwester Elisabeth. Sie haben mit mir gesprochen, im Schwabinger Krankenhaus.«

»Richtig, Oberschwester. Was kann ich für Sie tun?«

»Sie hatten mir doch ein Bild gezeigt, von einer Frau, die Sie im Zusammenhang mit der Toten in unserer Pfarrei suchen.«

»Ja, das stimmt.«

»Ich hab die Frau gesehen. Sie war hier auf dem Klinikgelände.«

»Und wann war das?«

»Vor ein paar Minuten. Ich hatte Pause und ging mir einen Kaffee holen, als sie vor dem Fenster vorbeilief.«

»Haben Sie beobachtet, wo sie hinging?«

»Sie ging zur Schmerzambulanz hinüber.«

Ich dachte kurz nach.

»Wie lange sind Sie noch in der Klinik?«

»Ich habe Spätschicht, also bis halb Elf.«

»Ich komme gleich mal vorbei. Station 6a hatten Sie gesagt, oder?«

»6d, Herr Kriminalrat.«

»Vielen Dank und bis gleich.«

Es geht doch nichts über ein zuverlässiges Fahrrad. Knapp 10 Minuten später fuhr ich durch Tor eins, diesmal offiziell. Es war niemand da, der einen Ausweis sehen wollte. Vor dem Schwesternstützpunkt der Station 6d traf ich die Oberschwester.

»Grüß Gott, Oberschwester.«

»Herr …«

»… Schönheit. Ich mache nicht so gerne Werbung mit meinem Dienstgrad.«

»Verstehe.«

»Können Sie mir bitte sagen, von wo aus Sie was beobachtet haben?«

»Kommen Sie mit.«

Sie führte mich zu einem Fenster, von dem aus man fast die ganze nordöstliche Ecke des Klinikgeländes einsehen konnte.

»Sie kam hier am Haus entlang, ging rüber zur Schmerzambulanz und anschließend um das Gebäude herum.«

»Um das Gebäude herum?«

»Ja, sie ging zur Rückseite.«

»Gibt es da einen Eingang?«

»Sicher, aber der ist normalerweise verschlossen und nur von innen im Notfall zu öffnen.«

»Ich danke Ihnen, Schwester Elisabeth, Sie haben mir sehr geholfen. Ich werde mich dort umschauen.«

Die Tür zur Schmerzambulanz war geschlossen, ich musste läuten. Eine Schwester kam zur Tür.

»Tut mir leid, die Ambulanz ist jetzt geschlossen.«

Wenn schon, denn schon. Ich hielt meinen Ausweis gegen die Tür. »Ich muss den verantwortlichen Arzt sprechen.«

Die Türe öffnete sich, ich trat ein.

»Tut mir leid, dies ist eine Ambulanz; wir sind jetzt nicht mehr besetzt und auf die Isolierstation nebenan können Sie unmöglich. Worum geht es denn?«

»Ich suche im Rahmen einer wichtigen Ermittlung eine Frau. Sie ist beobachtet worden, wie sie dieses Gebäude betrat.«

»Das ist unmöglich. Dieses Gebäude können Sie nach 15 Uhr nur mit Ausweis und Zifferncode betreten.«

»Diese Frau«, ich hielt ihr unser gealtertes Foto hin, »kam durch den Hintereingang.«

Sie wurde blass.

»Haben Sie mir etwas zu sagen?«

Sie bedeutete mir, ihr zu folgen.

Wir gingen zu einem kleinen Büro, in dem sie Dienst tat.

»Worum geht es denn?«

»Das frage ich Sie. Sie kennen Frau Ernst offenbar.«

Sie sank auf ihrem Stuhl ein wenig zusammen.

»Frau Ernst ist eine wichtige Zeugin in einem Mordfall.«

»Hanna.«

»Ja, Hanna Fliegel. Noch einmal, was wissen Sie?«

Sie nahm sich eine Tasse Kaffee, um sich daran festzuhalten.

»Moni Ernst und ich haben zusammen die Ausbildung zur Krankenschwester gemacht.«

»Monika Ernst war Krankenschwester?«

»Ja, sie hatte am Anfang nicht den notwendigen Numerus Clausus, um Medizin zu studieren, und wollte die Zeit nutzen, um die medizinische Praxis kennenzulernen.«

Sie blickte auf die Kaffeetasse.

»Wir hatten lange Kontakt, auch während ihres Studiums und danach. Nach dem Prozess war sie auf einmal von der Bildfläche verschwunden. Irgendwann im Herbst vor zwei Jahren begegnete ich ihr auf dem Elisabethmarkt.«

»Und?«

»Wir trafen uns ein paar Mal. Ich war zunächst schockiert, zu erfahren, wie weit sie aus der Gesellschaft geflohen war. Mit der Zeit begriff ich, was sie wirklich getan hatte und was in ihr zerbrochen war, als Dombrowsky sie fallen ließ. Sie hatte Geld auf einem österreichischen Sparbuch, ging für eine Zeit nach Wien und kaufte von dort aus eine kleine Wohnung hier in Schwabing unter dem Mädchennamen ihrer Mutter.«

»Wissen Sie, wo die ist?«

Sie zögerte.

»Bitte Frau …«

»… Herrmann.«

»Ich muss mit Monika Ernst sprechen. Wenn Sie etwas über den Tod von Hanna Fliegel weiß, ist sie gegebenenfalls selbst in Gefahr.«

Vielleicht gab das den Ausschlag.

»Es ist nicht weit von hier.«

Sie schrieb mir die Adresse auf. Wartburgstraße.

»Und der Name an der Klingel ist …?«

»Voller. Ihre Mutter hieß Margarete Voller.«

»Und warum kommt Monika Ernst regelmäßig hier zu Ihnen in die Klinik?

»Herr Kommissar ...«

»Ich heiße Schönheit, Benedict Schönheit.«

Die meisten Menschen müssen lächeln, wenn ich das sage.

»Herr Schönheit, ich habe Monika abgelaufene Medikamente gegeben, die sie an andere Frauen weitergegeben hat, die auf der Straße leben und kein Vertrauen in staatliche Stellen haben. Ich weiß, das kann mich hier meinen Kopf kosten.«

»Haben Sie auch Betäubungsmittel weitergegeben?«

Sie schaute mich bestürzt an.

»Natürlich nicht. Das ist streng geregelt und wird alles dokumentiert. Das könnte ich gar nicht. Schmerzmittel, Verbandsmittel, Desinfektionsmittel, ja, auch leichte Schlafmittel … aber keine Opiate!«

Ich glaubte ihr das sogar. Sie machte nicht den Eindruck, als ob sie wüsste, was noch in dieser Klinik vorging.

»Wohin wollte Monika, nachdem sie Sie hier aufgesucht hatte?«

»Zunächst nach Hause und dann, wie sie es nannte, ihre Runde machen.«

»Und warum hatte sie einen Kinderwagen dabei?«

»Das war eine Marotte von Hanna, aber so lassen sich viele Dinge unauffällig transportieren. Seit neuestem haben sie sogar eine Babypuppe drin liegen.«

»Eine Babypuppe?«

»Ja, seit ein paar Tagen.«

In meinem Hirn hatten sich Rädchen in Bewegung gesetzt, aber es klingelte noch nichts.

»Frau Herrmann, ich werde versuchen, das so weit wie möglich vertraulich zu halten. Ich gehe jetzt in die Wartburgstraße und versuche, Frau Ernst zu treffen.«

Ich gab ihr meine Karte.

»Wenn sie Sie wieder aufsuchen sollte, bevor ich sie getroffen habe, halten Sie sie bitte fest und sagen Sie mir Bescheid.«

Sie hob widerstrebend die Hände.

»Bitte, Frau Herrmann. Moni Ernst ist in Gefahr. Ich weiß zwar nicht, warum genau, aber ich muss sie unbedingt sprechen.«

18.

In weniger als einer Viertelstunde war ich in der Wartburgstraße, hatte an dem Mehrfamilienhaus die richtige Klingel gefunden und klingelte, aber niemand öffnete. Ich wartete ein paar Minuten, dann rief ich Klaus an und bat ihn, eine Überwachung für das Haus zu organisieren. Nachdem die Kollegen eingetroffen waren und ich sichergestellt hatte, dass sie wussten, worum es ging, radelte ich heim.

Warum war Hanna Fliegel getötet worden? Was hatte sie gesehen? Es konnte nur mit Mittermeiers Fall zu tun haben …

Als ich zuhause war, ließ ich mir ein heißes Bad ein, öffnete eine Flasche Wein von den Brüdern Delas und versuchte, Klarheit in meinen Gedanken zu schaffen.

Irgendetwas schepperte.

Es war dunkel.

Mein Handy.

Das Display zeigte 5.35 Uhr

»Hm.«

»Chef?«

»Ja, was ist denn los?«, murmelte ich.

»Bist du es, Bene?«

»Jaha.«

»Bist du wach?«

»Jetzt schon.«

»Einer von den Beamten in der Wartburgstraße musste austreten.«

»Und deshalb rufst du mich um halb sechs an? Spinnt Ihr?«

»Er hat um die Ecke vom Haus einen Kinderwagen gefunden, auf den unsere Beschreibung passt.«

…

»Bene?«

»Ja, ich bin noch da. Warte einen Augenblick – wir brauchen einen Durchsuchungsbeschluss für die Wohnung.«

»Und wo soll ich den herzaubern?«

»Das ist mir scheißegal. Weck den Alten auf. Monika Ernst ist irgendetwas passiert – wir müssen da rein. Ruf mich an, wenn du ihn hast, und bring die KTU auf Trab. Ich fahr da jetzt rüber.«

Dieses Mal nahm ich ein Taxi. Während ich wartete, rief ich Klaus zurück.

»Ich kann nicht hexen, Chef.«

»Nur die Ruhe, Klaus. Hast du Adil Bescheid gesagt?«

»Ja.«

»Prima. Ich hätte euch beide gerne vor Ort. Und sucht mir bitte die Kontaktdaten für eine Claudia Herrmann, Krankenschwester am Schwabinger, heraus.«

»Geht klar.«

Ich hätte mir ihre Telefonnummer aufschreiben sollen.

Kurz nach mir kamen Klaus und Adil, wenig später traf die KTU ein. Der Kinderwagen stammte aus den sechziger Jahren des letzten Jahrhunderts und war, bis auf eine Decke, leer. Auf unser Klingeln an der Wohnungstür meldete sich niemand. Es war mittlerweile kurz vor sieben und die ersten Nachbarn beäugten den Auftrieb.

»Ist was mit der Frau Voller?«

Ein älterer Herr in schwarzem Jogginganzug trat aus der Tür gegenüber. Ich drehte mich um.

»Schönheit, Kripo München. Wann haben Sie sie zum letzten Mal gesehen?«

»Das muss gestern in der Früh gewesen sein. Aber sie war öfters spät abends unterwegs. Hier weiß niemand, was die so genau treibt. Jedenfalls geht sie keiner geregelten Arbeit nach.«

»Vielen Dank, Herr …«, ich warf einen Blick auf das Türschild, »… Wanninger.«

Hinter mir krachte es, als die Kollegen die Türe aufbrachen.

»Ja, was machen Sie da?"

»Unsere Arbeit, Herr Wanninger. Gehen Sie bitte wieder zurück in Ihre Wohnung. Vielen Dank.«

Wir betraten eine aufgeräumte Dreizimmerwohnung. Kein Fernseher, viele Bücher, eine saubere Küche, zwei Schlafzimmer. Bekleidung in unterschiedlicher Größe: Monika Ernst und Hannah Fliegel hatten hier offensichtlich zusammen gelebt.

Nichts deutete auf einen Kampf hin.

»Also, wenn der was passiert ist, dann nicht hier drin«,

sagte Klaus.

»Ich möchte trotzdem, dass die KTU hier nach Fingerabdrücken und möglichen DNA-Spuren sucht. Und sie sollen sich den Kinderwagen gründlich vornehmen. Habt ihr irgendwo eine größere Puppe gefunden?«

»Was für eine Puppe?«

»So eine größere Babypuppe.«

»So was wie ein Christkind?«

Das war der Groschen gewesen, der mir zum Fallen gefehlt hatte.

»Du bist ein Genie, Adil«, rief ich und küsste ihn auf die Stirn. »Die Puppe muss das Christkind aus St. Agathe sein – das ist der Zusammenhang.«

Er sah mich verständnislos an.

»Schwester Claudia Herrmann hat mir erzählt, dass Hanna und Moni diesen Kinderwagen immer mit sich herum geschoben haben und dass Moni seit ein oder zwei Wochen sogar eine Kinderpuppe darin habe. Das muss das Christkind von St. Agathe sein. Monika Ernst muss vor Ort gewesen sein und mehr über den Tod von Hanna Fliegel wissen. Und genau deshalb ist sie jetzt verschwunden.«

Adil schaute skeptisch. »Chef, das ist aber weit hergeholt.«

»Mag sein, aber ich bin mir ziemlich sicher.«

Als ich durch die Wohnungstür ging, drehte ich mich noch einmal um. »Ich will den KTU Vorbericht heute um neun auf meinem Schreibtisch haben.«

»Herrgott, Bene, das ist völlig unrealistisch.«

»Mach ihnen Dampf, ich muss wissen, ob es Hinweise auf andere Beteiligte gibt.«

Ich hatte keine Lust, im Café zu frühstücken. Trautes Heim – Glück allein. Nichts geht über eine heiße Dusche.

19.

Das Handy klingelte. Unterdrückte Rufnummer.

»Yes, Madam.«

»Ich weiß zwar nicht, wen Sie erwartet haben, aber würden Sie die große Güte haben, mich von den Ereignissen der letzten Nacht in Kenntnis zu setzen?«

War das jetzt Ironie oder Theiss pur? Ich berichtete ihm, was sich ereignet hatte.

»Und was wollen Sie jetzt machen?«

Ich blickte auf die Uhr: 8:35 »Ich bin in zwanzig Minuten im Präsidium und warte auf den Bericht der KTU.«

»Die Kollegen sind über den Druck nicht gerade glücklich.«

»Ich weiß, Herr Theiss, aber es brennt. Ich bin mir sicher, Monika Ernst ist nicht freiwillig irgendwo anders über Nacht geblieben, und ich bin mir sicher, es hat mit dem Schwabinger Krankenhaus zu tun.«

»Und was wollen Sie unternehmen?«

Ich überlegte. Warum nicht.

»Mit Mittermeier Kaffee trinken.«

»Bitte?«

»Sie haben sich nicht verhört. Mit Mittermeier Kaffee

trinken. Wir können das nur zusammen lösen.«

Stille. »Respekt, Herr Schönheit.« Weg war er.

Ich wollte wenigstens noch kurz eine andere Stimme am Telefon hören.

»Hm.«

»Ich liebe dich, Martina.«

»Spinner.«

»Können wir uns sehen?«

»Später.«

Warum legten heute alle Leute auf, wenn ich sie anrief? Ich radelte ins Präsidium.

Der Bericht der KTU wirkte ein wenig zusammengeschustert, aber das hatte ich mir selbst zuzuschreiben. In der Wohnung fanden sich nur Fingerabdrücke von Monika Ernst und Hanna Fliegel. Auf dem Kinderwagen hatten sich allerlei Spuren gefunden, sie hatten mehrere deutliche Fingerabdrücke isolieren können und jagten sie gerade durch die Datenbank.

Wo war Monika Ernst? Entgegen meinen sonstigen Gewohnheiten rief ich Theiss an. Er hatte einen Moment Zeit.

»Ich bin mir nicht sicher, ob wir sie zur Fahndung ausschreiben sollen.«

»Meinen Sie, es könnte ihr Leben in Gefahr bringen?«

»Genau das.«

»Wann sehen Sie Mittermeier?«

»In einer halben Stunde.«

»Warten wir mal ab, was dabei rauskommt. Schauen Sie danach bei mir vorbei.«

Ich ging zur Peterskirche, die die Münchner den ‚Alten Peter' nannten.

»Ciao, Claudio.«

»Ciao, Bene.«

Max Mittermeier saß schon an einem Tisch in der hintersten Ecke.

Er blickte auf. »Morgen, Schönheit.«

»Morgen, Herr Mittermeier.«

War das jetzt ein guter Anfang?

»Wir haben heute Morgen die Wohnung von der Ernst gefunden.«

»Hab ich schon gehört.«

»Keine Spuren in der Wohnung, aber jeder Menge am Kinderwagen.«

»Hab ich auch gehört.«

»Mittermeier, Sie wollten mit mir sprechen. Wo ist das Problem?«

»Sie sind das Problem.«

»Ich?«

»Sie. Ist doch scheißegal, was hier passiert, Ihnen passiert nichts.«

»Bitte?«

»Gschtudiertes Professorensöhnchen.«

Ich holte tief Luft. Vielleicht sollte ich ihn fragen, was er getrunken hatte, aber das würde uns nicht weiterbringen. »Sie wollten, dass wir uns treffen. Ich will genauso wie Sie, dass wir diesen Fall lösen. Und ich will Ihnen bestimmt nicht ans Bein pinkeln.«

Er schaute mir in die Augen. »Warum ist so was wie du eigentlich Bulle geworden?«

Langsam hatte ich den Verdacht, dass er tatsächlich nicht ganz nüchtern war.

»Weil es mir Spaß macht. Und weil ich etwas bewege.«

»Weil dir nichts passieren kann.«

»Mittermeier, ich weiß nicht, was das soll, aber ich habe die Schnauze voll von Ihrem blödsinnigen Gerede. Trinken Sie den Espresso, ich bestelle Ihnen gerne noch einen – und dann reden wir über den Fall.«

»Arschloch.«

Ich stand auf. »Mittermeier, Sie sind ein …« Ich schüttelte nur den Kopf, ging in Richtung Theke, um zu zahlen, drehte mich aber noch einmal um. »Wenn Sie diese Sache halbwegs gut zu Ende bringen wollen, prüfen Sie bitte, ob das, was die KTU gefunden hat, zu Ihren Verdächtigen passt. Und denken Sie daran: Nur gemeinsam können wir diesen Fall lösen.«

Ich drückte Claudio zehn Euro in Hand und ging.

In der kalten Winterluft holte ich erst einmal tief Luft und ging in Richtung Viktualienmarkt.

20.

Martina ging nicht an ihr Handy und ich lief ins Präsidium zurück.

»Salve, Bene.«

»Was gibt's Neues?«

»Du sollst Mittermeier anrufen.«

»Mit dem bin ich erst vor einer halben Stunde zusammengerückt.«

»Er hat vor fünf Minuten hier angerufen, Chef. Ach ja, und diese Politikerin auch.«

»Hattet ihr der nicht gesagt, sie soll sich an Theiss wenden?«

»Klaro, hatten wir.«

Ich griff zum Telefon.

»Mittermeier.«

»Benedict Schönheit.«

»Ich habe was für Sie.«

»Und?

»Auf dem Kinderwagen war ein Daumenabdruck von Joachim Oberwasser.«

Ich musste kurz nachdenken. »Der Oberarzt im Schwabinger, den Sie im Visier haben?«

»Ja.«

»Glauben Sie mir jetzt?«

»Nein.«

Ich musste grinsen. Mittermeier blieb eben Mittermeier.

»Was schlagen Sie vor?«

»Kommen Sie rüber.«

Er wollte mich auf seinem eigenen Spielfeld treffen.

»Geben Sie mir eine halbe Stunde, ich muss ein paar Anrufe erledigen.«

Ich ging zu Theiss. Ich wollte mich nicht rückversichern, denn ich war meistens von der Richtigkeit meiner Arbeit überzeugt. Ich war der Meinung, dass er Bescheid wissen sollte – und mich interessierte seine Sichtweise.

»Sind Sie sicher?«

»Mittermeier hat es gesagt – wir haben einen Fingerabdruck von Dr. Oberwasser. Unter Umständen haben wir so eine Handhabe, um beide Fälle aufzurollen.«

»Wie wollen Sie weitermachen?«

»Mittermeier hat mich gebeten, rüberzukommen.«

»Wie ist Ihr Gespräch gelaufen?«

»Nicht gut.«

»Das dachte ich mir. Mittermeier pflegt gern seine Vorurteile. Gehen Sie zu ihm, schauen Sie, dass Sie ihn ins Boot bekommen. Er braucht einen Erfolg, vielleicht wird er dann wieder ein besserer Polizeibeamter.«

Ich schaute Theiss erstaunt an.

»Ich spreche mit Türk, um ein wenig lauen Wind auf der höheren Ebene zu machen.«

Mittermeier war allein.

»Setzen Sie sich, bitte.«

Ich blickte ihn an.

»Sie hatten Recht. Es gibt eine Verbindung zwischen unseren Fällen. Wie sollen wir weiter machen?«

»Doch am besten so, dass wir Monika Ernst finden, Hanna Fliegels Tod aufklären, Ihren Fall zu einem positiven Ende führen und dass am Ende unsere beiden Chefs eine gute Presse haben.«

»Letzteres interessiert Sie gar nicht?«

»Nein, Herr Mittermeier, gar nicht.«

Er dachte nach. Ich spielte mit meinem Bleistift.

»Wie ist denn Ihre Beweislage? Haben Sie mit dem Staatsanwalt gesprochen? Können Sie handeln?«

»Im Prinzip ja, wir hätten aber gerne mehr über die Hintermänner erfahren. Es sind im Verlauf von zweieinhalb Jahren mit Hilfe von Scheinpatienten überwiegend hochpotente Opioide entwendet worden. Nach unseren Ermittlungen hat Privatdozent Dr. Oberwasser sogar ein Forschungsprojekt ins Leben gerufen mit dem ausschließlichen Ziel, Morphinderivate, die bis zu 100-mal stärker wirken können als Morphin, auf die Seite zu schaffen.«

»Ich befürchte, die beiden Frauen sind Oberwasser und wer immer da sonst drin hängt in die Quere gekommen.«

»In der Klinik sind wir uns sicher, dass es nur Dr. Oberwasser und Dr. Grosjean sind; vielleicht noch eine Nachtschwester.«

»Aber nicht Claudia Herrmann?«

»Woher kennen Sie den Namen?«, fragte er mich skeptisch.

Ich erzählte ihm von meiner Begegnung mit ihr und

weihte ihn in ihre Geschichte ein.

»Das wirft ein völlig anderes Licht auf unsere Ermittlungsergebnisse.«

»Aber, um noch einmal auf unseren Mord zurückzukommen: Ich befürchte, Hanna hat irgendetwas gesehen und das war ihr Todesurteil.«

»Ehrlich gesagt, Herr Schönheit, wie Mörder wirken die beiden Doktors auf mich nicht. Die kommen aus relativ kleinen Verhältnissen, haben sich nach oben gearbeitet und wollten vor allen Dingen eins: Geld. Sie scheinen beide den schönen Seiten des Lebens gegenüber nicht abgeneigt zu sein.«

»Wir wissen ja nicht, wie Hanna Fliegel genau gestorben ist, nur dass es mit Sicherheit Fremdeinwirkung war. Was mir viel mehr Sorgen bereitet, ist das Verschwinden von Monika Ernst.«

Das Telefon läutete.

»Ja, Herr Kriminaldirektor. … Ja, der ist bei mir. … Beide? … Wir kommen gleich rüber.« Mittermeier wirkte erstaunt. »Das war mein Chef. Wir sollen beide kurz zu ihm kommen.«

Jetzt war es an mir, erstaunt zu sein.

»Grüß Gott, Herr Schönheit.«

»Grüß Sie, Herr Türk.«

»Ich habe gerade mit Ihrem Chef gesprochen. Auf Grund der Gefährdungslage und«, er schaute auf Mittermeier, »Ihren guten Ermittlungsergebnissen, sollten wir den Sack zumachen.«

»Herr Kriminaldirektor …«

»Ich weiß, was Sie sagen wollen, Mittermeier, ich hätte

auch gerne mehr über die Hintergründe herausgefunden, aber möglicherweise ergibt sich ja etwas im Verhör. Die Beweislage ist erdrückend, der Staatsanwalt seht voll hinter unserem Entschluss.«

Bevor Mittermeier etwas sagen konnte, legte ich ihm die Hand auf den Arm. »Mittermeier, mir reicht eine Tote, ich hätte gerne vor Weihnachten keine Zweite. Ich bin sicher, Ihr Schlag gegen die Rauschmittelkriminalität wird ein voller Erfolg, aber lassen Sie uns auch an Monika Ernst denken.«

Auch Kriminaldirektor Türk schaute ihn ernst an.

»Sie haben ja Recht.«

»Na, wunderbar«, sagte Türk, »Herr Theiss und ich bekommen Ihre Planungen bis spätestens morgen früh, Zugriff morgen Abend, oder, Mittermeier? Das war doch der Tag, wenn die gestohlenen Waren üblicherweise herausgeschafft beziehungsweise übergeben werden?«

»Ja, das stimmt, Herr Kriminaldirektor.«

»Dann ab mich euch beiden. Und, Herr Schönheit …«

Ich drehte mich um.

»Grüßen Sie Ihren Vater von mir.«

»Werde ich, Herr Türk.«

Mittermeier schaute mich nur an. Professorensöhnchen stand auf seine Stirn geschrieben.

21.

Ich hatte Klaus und Adil Bescheid gesagt, sie sollten sich mit den Kollegen von der Drogenfahndung zusammensetzen. Danach rief ich Mittermeier kurz an, um ihn zu bitten, einen Hausdurchsuchungsbefehl für die Wohnungen von Oberwasser und Grosjean zu beantragen – was er schon getan hatte.

Ich hatte mich gerade hinter meinen Schreibtisch geklemmt, als es klopfte und eine Frau hereinkam.

»Ich suche Herrn Kriminalrat Schönheit.«

Ich erhob mich.

»Steht vor Ihnen. Was kann ich für Sie tun?«

»Ich habe schon ein paar Mal versucht, Sie telefonisch zu erreichen. Mein Name ist Meerkatz.«

Die hatte mir gerade noch gefehlt.

»Stimmt, Frau Meerkatz, tut mir leid, dass ich in den letzten Tagen etwas schwer zu erreichen war, aber der Fall, der Ihnen so am Herzen liegt, hält auch uns auf Trab.«

»Was können Sie mir zu Ihren Ermittlungen sagen?«

War das jetzt ihr ernst? Landtagsabgeordnete oder nicht, das ging nicht. War das so schwer zu begreifen?

»Frau Meerkatz, ich hatte Sie nicht aus Bequemlichkeit gebeten, Herrn Kriminaloberrat Theiss anzurufen. Er ist zuständig, nur er darf sich öffentlich zu laufenden Verfahren äußern – wenn überhaupt.«

»Herr Schönheit, es gibt ein berechtigtes öffentliches Interesse an diesem Fall. Es scheinen zum zweiten Mal innerhalb weniger Jahre obdachlose Menschen auf offener Straße angegriffen worden zu sein, und Sie unternehmen nichts.«

Ich erhob mich. »Frau Meerkatz, ich kann und will mich nicht zu Ihren Unterstellungen äußern. Bitte sprechen Sie mit Herrn Theiss oder warten Sie ein oder zwei Tage.«

Sie sprang auf, packte mich am Arm und schrie: »Ein oder zwei Tage warten? Worauf? Dass Sie die nächste Leiche finden?«

Klaus schaute um die Ecke, aber ich bedeutete ihm mit einer Handbewegung, dass alles in Ordnung sei und schloss die Türe.

»Frau Meerkatz, erklären Sie mir doch, warum Sie sich wirklich für diesen Fall interessieren.«

»Weil die Öffentlich wissen muss…«

»Frau Meerkatz, bitte. Ich habe mir Ihren politischen Lebenslauf angesehen. Sie haben sich nie für diese spezielle soziale Problematik interessiert, also warum jetzt? Nur wegen der Landtagswahlen? Das glaube ich Ihnen nicht.«

»Ich werde mich über Sie beschweren.«

»Bitte, tun Sie das. Ich nehme an, Sie wissen, wo das Büro von Kriminaloberrat Theiss ist. Er ist sicher noch da und wird mit Ihnen sprechen.«

Sie schrie: »Aber er sagt mir auch nichts.«

Sie sank auf den Stuhl und barg ihr Gesicht in ihren Händen. Ich setzte mich auf die Fensterbank und wartete. Nach einer Weile blickte Sie auf:

»Ich kenne Monika Ernst.«

»Darf ich fragen, woher?«

»Das geht Sie nichts an.«

Ich schaute ihr immer noch in die Augen. Ich spürte, wie sie sich innerlich wand, sich aber wieder in den Griff bekam.

»Monika Ernst ist meine Cousine.«

»Bitte?«

»Monika Ernst ist meine Cousine. Lothar Voller war unser Großvater.«

»Warum haben Sie das nicht gleich gesagt?«

»Glauben Sie, dass es einer politischen Karriere förderlich ist, eine vorbestrafte …«, vielleicht hatte sie Pennerin sagen wollen, aber sie korrigierte sich rechtzeitig, »Obdachlose in der Familie zu haben?«

»Und warum jetzt das Interesse?«

»Weil ich vor ein paar Tagen mehr über die Hintergründe ihres Schicksals erfahren habe und sie jetzt in einem anderen Licht sehe.«

Das konnte nur Martina gewesen sein. Ich setzte mich wieder hinter meinen Schreibtisch, denn ich brauchte einen Abstand zwischen mir und dieser Frau.

»Frau Meerkatz, ich will Ihnen Ihr Interesse einmal glauben. Es wäre trotzdem für alle Beteiligten besser gewesen, wenn Sie mit offenen Karten gespielt hätten. Wir sind durchaus gewohnt, Dinge vertraulich zu behandeln.« Sie wollte etwas einwenden, aber ich hob nur die Hand. »Das Einzige, was ich Ihnen sagen kann, ist, dass wir vor einem

Durchbruch stehen und innerhalb von 24 Stunden mehr wissen werden - und das war jetzt wirklich vertraulich. Wenn Sie nur ein Sterbenswörtchen davon verraten, gefährden Sie unter Umständen das Leben Ihrer Cousine.«

»Warum? Was ist …«

Ich hob beide Hände. »Frau Meerkatz, ich kann nicht und Herr Theiss wird nicht mehr sagen. Vertrauen Sie mir. Ich weiß, was ich tue.« Ich lächelte. »Meistens jedenfalls.«

Jetzt musste auch sie lächeln. »Das hat mir in den letzten Tagen schon einmal jemand gesagt, der sie recht gut zu kennen scheint.«

»Dann zügeln Sie bitte Ihre Ungeduld ein wenig. Ich kann Sie verstehen und stelle sicher, dass Sie die Information bekommen, sobald wir mehr wissen. Einverstanden?«

»Gut, Herr Schönheit, ich gebe mich, wenn auch ungern, damit zufrieden. Aber bitte halten Sie Ihr Wort.«

»Darauf können Sie sich verlassen.«

Mein Dienstapparat klingelte.

»Dein Monsignore ist am Apparat.«

»Bitte, wer?«

»Na, dein Bruder.«

Seit wann rief der im Präsidium an?

»Hallo, Jean.«

»Dich kann man ja überhaupt nicht mehr erreichen. Wieso gehst du nicht an dein Handy?«

Ich schaute auf mein Handy. Neun Anrufe – ich musste es aus Versehen stumm geschaltet haben.

»Ich hatte mein Handy stumm geschaltet.«

»Und? Hast du irgendwas zu unserem Christkind herausgefunden?«

»Zum einen, dass es quasi nichts wert ist und deshalb kein gesteigertes Interesse seitens der Behörden besteht.«

Er stöhnte auf.

»Zum anderen, dass die Chancen gut stehen, dass es Heilig Abend in eurer Krippe liegt.«

»Ernsthaft, oder sagst du das jetzt nur so?«

»Vertrau mir.«

»Das muss ich schon einmal gehört haben.«

»Mehr kann ich dir nicht sagen, aber mein Bauchgefühl sagt mir…«

»Dass du Recht hast. Der Herr erhalte dir dein Selbstbewusstsein.«

Gut, dass er meinen Gesichtsausdruck nicht durch das Telefon sehen konnte. »Bitte, Jean, ich muss los. Ich sehe dich übermorgen oder so.«

»Jetzt ernsthaft?«

»Ja.«

Ich legte auf. Martina hatte versucht, mich zu erreichen, aber ich wollte nicht vom Präsidium aus mit ihr telefonieren. Ich rief sie von Fahrrad aus an.

»Du hast versucht, mich zu erreichen?«

»Hast du irgendetwas Neues?«

»Was weißt du denn?« Ich hörte sie lachen.

Ich überlegte, wie weit ich gehen konnte. »Wenn du mehr wissen willst, geht das nur persönlich.«

»Ein Glas Wein?«

»OK, wo?«

»Bei mir?«

Sie zögerte. »Wann?«

»Ich bin jetzt auf dem Heimweg.«

»So in einer Stunde?«

»Einverstanden. Ich freue mich auf dich.«

Da war wieder ein kurzes Zögern. »Ich mich auch, Bene.«

Martina kam gegen acht und bei einem Glas Rotwein erzählte ich ihr, wie der Tag gelaufen war.

»Du weißt, dass du davon nichts verwenden kannst. Noch nicht.«

»Manchmal glaube ich, du hältst mich für eine Anfängerin.«

Ich grinste spitzbübisch. »Keine Ahnung.«

Sie schaute mich mit dem berühmten Funkeln in ihren Augen an. »Benedict Schönheit, du bist ein Filou.«

»Das hat bisher nur meine Mutter zu mir gesagt.«

»Wirklich?«

»Ja, ernsthaft.«

Sie musste lachen.

»Martina, ich wollte, dass du einen Vorsprung hast und morgen Abend gleich dran bist.«

Es funkelte wieder. »Und sonst nichts?«

Ich stand auf und legte ihr die Hände auf die Schultern. »Doch. Ich liebe dich.«

»Das sagtest du schon einmal.«

Sie stand auf und legte die Hände auf meine Hüften. »Könnte aber kompliziert werden.«

»Ich weiß, Martina. Aber ich würde es gerne versuchen.«

Wer hatte gesagt, dass der erste Kuss immer der schönste ist? Es wurde trotzdem nur ein kurzer Abend, denn wir wussten beide, dass der darauffolgende Tag lang werden würde.

22.

Zunächst zog sich dieser 22. Dezember lange hin – wie immer, wenn man auf einen entscheidenden Moment warten muss. Dr. Oberwasser und Dr. Grosjean wurden überwacht, wir wollen kein weiteres Risiko eingehen. Im Verlauf des Nachmittags hatten wir unauffällig eine Gruppe Zivilbeamte auf das Klinikgelände geschleust, zum Zeitpunkt des Zugriffs würde Kriminaldirektor Türk die Klinikleitung informieren. Wir wollten jedes Risiko eines Informationslecks ausschließen.

Unseren Informationen nach brachten die beiden Ärzte die Medikamente zwischen 19 und 21 Uhr außer Haus, die weitere Übergabe hatten die Kollegen von der Drogenfahndung bis jetzt immer verpasst. Oberwasser und Grosjean kamen gemeinsam in Oberwassers Wagen kurz vor acht und gingen durch den Hintereingang in das Gebäude. Nach etwa einer Viertelstunde kamen sie wieder heraus und trugen zwei Arztkoffer mit sich.

Als sie wieder bei seinem Auto angelangt waren, traten Mittermeier und zwei seiner Beamten auf sie zu.

»Herr Dr. Oberwasser?«

»Was gibt es denn?«

»Kriminalhauptkommissar Mittermeier, Kriminalpolizei München. Würden Sie bitte die beiden Taschen öffnen?«

»Ich wüsste nicht, was Sie das angeht.«

Mittermeier reichte ihm und Frau Grosjean einen Durchsuchungsbeschluss und einen Haftbefehl. »Sie, Herr Dr. Oberwasser, und Sie, Frau Dr. Grosjean, sind dringend tatverdächtig, in großem Umfang Verstöße gegen das Betäubungsmittelgesetz begangen zu haben. Ich nehme Sie hiermit fest.«

Die beiden waren zu verdutzt, um zu protestieren, die Handschellen klickten und Mittermeiers Kollegen verfrachteten sie in einen Dienstwagen. Wie erwartet, waren die Arztkoffer voll von hochwirksamen Opioiden, die auf dem Schwarzmarkt viel Geld wert waren. Parallel begannen die Durchsuchungen beider Wohnungen und weitere Beamte würden sich die Räumlichkeiten der Schmerzambulanz vornehmen.

Auf einmal tauchte ein mir wohlbekannter Rotschopf an dem Bauzaun auf und wurde von den uniformierten Beamten aufgehalten.

»Herr Mittermeier!«

Er drehte sich um. »Frau Beinhauser! Woher, zum Teufel, wissen Sie, was hier los ist?«

Sie konnte zuckersüß lächeln. »Ich weiß es nicht, aber Sie werden es mir sicher gleich sagen, oder? Das sieht ja fast nach einem Durchbruch aus.«

»Ich werde Ihnen gar nichts sagen. Was haben Sie hier zu suchen?«

»Sie wissen doch, dass ich mich für die Vorgänge hier interessiere. Und dieses Mal scheine ich ja Glück gehabt zu haben. Bitte! Nur ein kurzes Statement für die Frühausgabe. Ich möchte die Pappnasen von der Münchner Zeitung gerne alt aussehen lassen.«

Er musste lachen, trat zu ihr hin und sprach kurz mit ihr. Sie machte ein paar Notizen und verschwand so schnell, wie sie gekommen war. Mittermeier trat zu mir.

»Wenn Sie mich verpfeifen, Schönheit …«

»Wie könnte ich, Herr Kollege.« Auch ich konnte zuckersüß lächeln. »Wir wollen doch alle eine gute Presse, oder?«

Sein Handy läutete. Er hörte kurz zu, dann packte er mich an beiden Schultern. »Mensch, Schönheit, sie haben sie!«

»Wen?«

»Die Ernst! Der Oberwasser hatte sie in seinem Haus in Obermenzing.«

Es gibt Gefühle, die lassen sich nur schwer in Worte fassen. Ich schluckte. »Wie geht es ihr?«

»Anscheinend gut. Er hatte sie sediert und sie ist jetzt mit dem Notarzt nach Großhadern gebracht worden. Wir haben sie trotzdem unter Polizeischutz gestellt.«

»Mensch, Mittermeier.«

»Ich dachte, Sie hätten das schon immer gewusst, Schönheit.« Er grinste. »Nichts für ungut. Sie hatten Recht und ich hatte Unrecht. Vielleicht versuchen wir nächstes Mal einen neuen Start.«

Das dürfte ihn einige Überwindung gekostet haben. Ich ergriff seine Hand. »Danke.«

»Kommen Sie mit zur Vernehmung?«

»Klar. Ich muss ja auch noch eine Kuh vom Eis bringen.«

Ich schickte Klaus in die Uniklinik nach Großhadern, um sobald als möglich mit Monika Ernst zu sprechen. Darauf rief ich kurz Martina an, um ihr zu sagen, dass wir Monika Ernst gefunden hatten, aber dass sie das im Moment für sich behalten musste. Während ich mit Mittermeier ins Präsidium fuhr, bat ich Ihn, einen der Beamten anzurufen, die Oberwassers Haus durchsuchten. Als er ihn am Apparat hatte, bat ich ihn um sein Handy.

»Guten Abend, Herr Kollege, hier ist Schönheit von der Mordkommission.«

»Was können wir für Sie tun, Herr Kriminalrat?«

»Sagen Sie mal, haben Sie dort, in dem Zimmer, wo Frau Ernst war, eine große Krippenfigur gefunden? Ein Jesuskind?«

»Also in dem Zimmer war nichts, aber wir können noch mal schauen. Das ist ein großes Anwesen.«

»Bitte, tun Sie das. Diese Figur ist ein wichtiges Indiz in einem Mordfall.« Ich gab ihm meine Handynummer.

Mittermeier schaute mich an. »Ernsthaft, Schönheit?«

»Ich denke schon, außerdem stehe ich bei meinem Bruder im Wort.«

Anschließend rief ich Eva-Maria Meerkatz an, um ihr Bescheid zu sagen, dass wir ihre Cousine unversehrt gefunden hatten. Ich bat Sie, nicht vor morgen früh in die Klinik zu fahren, da Frau Ernst streng abgeschirmt werde.

Als wir im Präsidium ankamen, waren weitere Rückmeldungen von den Hausdurchsuchungen da. Die Beweislast für den Handel mit Betäubungsmittel war erdrückend. Bei beiden waren weitere umfangreiche Bestände gefunden worden, bei Dr. Oberwasser auch 60.000 Euro in bar. Die Frage war, wie mir das bei meiner Mordermittlungen helfen konnte. Monika Ernst war nicht vor morgen vernehmungsfähig und die beiden Ärzte hatten bis jetzt fast keinen Ton gesagt. Hoffentlich kam ich an Hiltrud Grosjean heran. Sie saß vorne über gebeugt auf ihrem Stuhl.

Mein Handy klingelte.

»Schönheit.«

»Ich glaube, wir haben Ihren Jesus. Etwa 50 cm groß und eher hässlich?«

»Na, das wollen wir mal nicht den Pfarrer hören lassen, aber das ist er. Danke Kollegen. Stellen Sie ihn bitte sicher und lassen Sie ihn zu mir ins Präsidium bringen.«

Wenigstens etwas.

Ich bat den Beamten, Frau Dr. Grosjean ins Vernehmungszimmer zu führen. Mein Bauchgefühl sagte mir, dass sie leichter zu knacken war als ihr Kollege.

23.

»Wissen Sie, was auf Menschenraub steht, Frau Dr. Grosjean?« Sie schaute nicht hoch. »Sie werden lange ins Gefängnis müssen.«

»Da muss ich sowieso ihn.«

»Dann machen Sie es sich einfacher und helfen Sie mir.«

»Ich habe damit nichts zu tun. Das war Joachims Idee.«

»Er behauptet das Gegenteil.«

»Das ist nicht wahr! Er hat die Alte gesehen, die schon seit Monaten immer wieder um die Ambulanz schleicht. Sie war eine Freundin von der Frau…« Sie biss sich auf die Lippe.

»Reden Sie bitte weiter.«

Sie schwieg.

»Sie meinen, von Johanna Fliegel.«

Sie schwieg weiter.

»Für Mord gibt es in diesem Teil der Welt immer noch lebenslänglich.«

Sie blickte hoch: »Das ist auch schon egal. 10 Jahre. 20 Jahre. Lebenslänglich.«

»Warum haben Sie es denn getan?«

»Weil ich Geld brauchte.«

»Sie verdienen doch nicht schlecht.«

»Ich habe mich vor Jahren mit Derivaten verspekuliert und mir Geld auf dem grauen Markt besorgt. Diese Typen lassen einen nie mehr los.«

Das war für Mittermeier ein weiterer Mosaikstein, aber mir half er nicht.

»Und warum musste Hanna Fliegel sterben? Warum haben Sie eine alte, obdachlose Frau umgebracht?«

»Weil sie …« Sie schwieg wieder.

Es klopfte. Adil trat ein und reichte mir einen Zettel. Ich überflog ihn.

»Frau Grosjean, wir haben Spuren von Hanna Fliegels gelber Jacke auf Ihrem Mantel gefunden. Ich frage Sie noch einmal: warum musste sie sterben?«

Sie fing an zu zittern.

»Möchten Sie etwas trinken?«

Sie schüttelte den Kopf. Ich wartete.

»Es war ein Unfall.«

»Ein Unfall?«

»Ja, ein Unfall. Joachim dachte, die Frau hätte uns durchs Fenster beobachtet, als wir die Medikamente in die Taschen packten. Er lief raus, aber sie war nicht mehr zu sehen.«

»Und dann?«

»Auf dem Heimweg sahen wir sie wieder.«

»Auf dem Heimweg?«

»Ja, auf dem Weg zu meiner Wohnung. Ich wohne in der Nähe des Grafenplatzes.«

Das war das entscheidende Puzzlestückchen, das mir gefehlt hatte. Frau Dr. Grosjean lebte in der Nähe von St. Agathe, wie hatte ich das nur übersehen können?

Ich sah sie an.

»Joachim sah sie und stellte sie zur Rede. Er wollte sie festhalten, aber sie wehrte sich. Da stieß er sie gegen einen Hauseingang, sie stolperte, stürzte und schlug mit dem Hinterkopf auf eine Steintreppe.«

»Konnten Sie ihr nicht helfen?«

»Sie war sofort tot, aber wir wollten sie da nicht liegen lassen. Da haben wir sie zur Kirche geschafft, die Tür zum Garten war offen. Ich weiß nicht mehr, warum. Vielleicht, weil es eine Kirche war.« Sie schwieg wieder. »Aber wir wollten sie nicht umbringen, es war ein Unfall, ein schrecklicher Unfall.«

»Und Sie wollten auch Monika Ernst nicht entführen?«

»Wir wollten sie doch nur für einen Moment aus dem Weg haben. Wir wollten Schluss machen, dies sollte die letzte Lieferung sein. Wir hätten einen Weg gefunden, uns mit ihr zu einigen. Jeder ist käuflich.«

Jeder ist käuflich. Konnte Geld das Maß aller Dinge sein?

»Glauben Sie ernsthaft, Dr. Oberwasser hätte irgendwen bezahlt, damit er den Mund hält, wenn es eine einfachere Lösung gibt?«

»Joachim ist ein Feigling, Herr Kommissar, er hätte gezahlt. Glauben sie mir, es war ein Unfall, keiner hat es mehr bedauert, als er. Sie haben keine Ahnung, wie es ist, wenn man in so eine Sache tiefer und tiefer hineinrutscht.«

»Davon werden Sie den Richter überzeugen müssen, Frau Grosjean.«

Ich ließ einen Beamten hereinkommen und ging auf den Flur. »Adil?«

»Ja.«

»Ruf die KTU an, die sollen sämtliche Mäntel und Jacken von den beiden auf Spuren von Fasern der Kleidung von Hanna Fliegel untersuchen.«

»Geht klar.«

Ich ging zu Mittermeier – das hatte nämlich auf dem Zettel gestanden.

Joachim Oberwasser war tatsächlich ein Feigling. Als wir ihn mit der Aussage von Frau Grosjean konfrontierten, brach er zusammen. Aus der Drogengeschichte kam er sowieso nicht mehr raus, das hatte er eingesehen.

»Wo sollten die Medikamente hingehen?«, fragte ihn Mittermeier.

»Wir hatten einen festen Abnehmer, den ich meistens auf einem Autobahnparkplatz getroffen habe. Ich kenne nur einen Vornamen: Dragan.«

»Und wann sollte das dieses Mal geschehen?«

»Heute Abend. Er wollte den Stoff unbedingt noch vor Weihnachten.«

»Und warum haben Sie das nicht gleich gesagt«, brüllte Mittermeier den Arzt an.

Der schaute nur verständnislos.

»Würden Sie diesen Dragan wiedererkennen?«

»Sicher.«

Mittermeier stürzte aus dem Zimmer.

Ich sah Oberwasser an.

»Helfen Sie uns, Herr Dr. Oberwasser – das ist Ihre einzige Chance.«

Ich ließ ihn allein und überließ Mittermeier seiner Hektik. Es war eine winzig kleine Chance, doch einen kleinen Zipfel der Verteilerkette zu fassen zu bekommen – aber das war nicht mein Fall. Wir hatten unsere Kuh vom Eis. Ich rief Theiss an, er war noch im Büro.

»Ich weiß schon, Herr Schönheit, sehr gute Arbeit. Die Idee mit dem Faserabgleich war ausgezeichnet.«

»Vielen Dank, ich geh jetzt nach Hause.«

Ich hoffte inständig, die KTU würde wirklich ein paar Fasern finden, aber ein Geständnis hatten wir auf alle Fälle.

»Schicken Sie mir morgen bitte einen Kurzbericht, den Abschlussbericht machen wir nach den Feiertagen.«

»Geht klar.«

Er brauchte etwas für die Pressekonferenz mit dem Leiter der Kriminalpolizei.

Ich brauchte jetzt ein Bett.

24.

Ein kurzes Gespräch mit dem diensthabenden Staatsanwalt hatte genügt, um das Jesuskind aus den Beweismitteln freizugeben. Ich holte es aus der Asservatenkammer ab und fuhr mit dem Taxi nach Schwabing. Als ich ausstieg, das Riesenbaby im Arm, das zudem ganz schön schwer war, kamen mir Jean-Baptiste und Frau Gradl entgegen.

»Gott sei Dank, Bene!«

»Herr Kriminalrat, dass Sie das rechtzeitig geschafft haben.«

Doch, manchmal tat Lob richtig gut.

»Ich trag ihn euch rein. Euer Jesuskind ist beachtlich schwer für ein Neugeborenes.«

»Nein, nein, geben Sie nur her«, meinte Frau Gradl. »Dieses Kind lege ich jetzt schon seit 17 Jahren in die Krippe.«

Sie ging mit der Figur in die Kirche. Jean-Baptiste legte mir einen Arm um die Schulter.

»Du hast den Mord also aufgeklärt?«

»Es war kein Mord, Bruderherz.«

Ich erzählte ihm kurz die ganze Geschichte.

»Weißt du, Benedict, Menschen können zu Getriebenen werden. Eigentlich sind die beiden zutiefst tragische Figuren.«

Wir gingen um die Kirche herum zu dem Ort, wo Hanna

Fliegel gefunden worden war. Es standen viele Kerzen dort, kleine, teilweise verwelkte Blumensträuße lagen auf dem Boden.

»Diese Tote hat aber auch viele Menschen wieder hierher gebracht, die schon lange nicht mehr hier waren. Natürlich auch manche Gaffer, aber ich hatte einige nachdenkliche Gespräche in den letzten Wochen. Manchmal lernen die Lebenden etwas von den Toten.« Er schwieg einen Moment. »Sehen wir uns heute Abend?«

»Jean-Baptiste, ich weiß nicht …«

»Bene, bitte komm, ich möchte dir doch vor der Gemeinde …«

»Vergiss es! Ich komme – aber wenn du große Dankeshymnen schwingst, renn ich stante pede aus der Messe – kapiert?«

Er willigte ein, und ich machte mich auf nach Großhadern. Martina hatte angerufen, sie wollte gerne mit Monika Ernst sprechen und ich sollte ihr den Weg ebnen. Nachdem ich auch mit beiden sprechen wollte, kam mir das ganz gelegen.

Als ich auf die Station kam, wartete dort nicht nur Martina, sondern auch Eva Maria Meerkatz auf mich.

»Ich gratuliere Ihnen zu diesem Erfolg.« Sie lächelte. »Nein, das trifft es nicht. Ich bin Ihnen dankbar, verstehen Sie?«

»Ich bin froh, dass wir das Rätsel lösen konnten und dass am Ende alles gut gegangen ist.«

»Meinen Sie, ich kann Monika jetzt sehen?«, sagte die deutlich entspannter wirkende Landtagsabgeordnete.

»Fragen wir mal den Arzt.«

»Haben wir schon«, meinte Martina, »er hat nichts dagegen, allerdings höchstens zehn Minuten. Aber der Polizist vor der Tür …«

» … braucht einen Wink von oben«, vollendete ich ihren Satz.

Wir gingen zur Tür des Krankenzimmers.

»Geben Sie mir drei Minuten mit ihr«, sagte ich den beiden, »dann können Sie rein.«

Ich zeigte dem Beamten meinen Ausweis und trat ein.

»Grüß Gott, Frau Ernst, ich bin Benedict Schönheit von der Kriminalpolizei.«

»Haben Sie sie?«

»Wen?«

»Na, Oberwasser und Grosjean.«

»Ja, Frau Ernst, wir haben sie und sie haben gestanden.«

»Gut.«

Im Bett lag eine müde, aber resolut wirkende Frau, die noch immer leuchtend grüne Augen hatte.

»Das haben Sie gut gemacht, junger Mann.«

Das hatte schon lange niemand mehr zu mir gesagt.

»Ich würde Sie gerne nach den Feiertagen besuchen, um Ihre Aussage aufzunehmen.«

»Selbstverständlich.«

»Aber auf eine Frage hätte ich gerne gleich eine Antwort.«

»Und die wäre?«

»Wie ist das Christkind aus St. Agathe in Ihren Besitz gekommen?«

Sie schaute erschrocken. »Haben Sie es gefunden?«

»Ja, gewiss.«

»Gott sei Dank.«

Sie überlegte einen Moment. »Wissen Sie, als Hanna an diesem Abend nicht wie besprochen heim kam, hatte ich ein sehr schlechtes Gefühl. Ich machte mich in aller Herrgottsfrüh auf, um sie zu suchen - ich wusste ja, wo sie sich gerne aufhielt, wenn sie allein sein wollte.«

»Und dann?«

»Und dann habe ich den Pfarrer aufgeregt vor seinem Gartentor telefonieren sehen und wenig später kamen Sie. Da ahnte ich schon, dass etwas passiert war.«

Monika Ernst schloss für einen Moment die Augen.

»Ich konnte ja schlecht in den Garten kommen. Da sah ich, dass die Kirche schon offen stand und ging hinein. Nachdem niemand da war, ging ich nach hinten in die Sakristei. Dort gab es ein Fenster auf den Garten heraus, und dort sah ich sie liegen in ihrer gelben Jacke. Ich wusste sofort, dass sie tot war. Ich musste mich irgendwo festhalten und dann lag da dieses Christuskind. Das hab ich in den Arm genommen. Ich wollte immer Kinder haben, aber es hat nicht sein sollen. Dieses Kind, auch wenn es schwer und hölzern war, hat mir in diesem Moment die Kraft gegeben, weiterzumachen.« Sie blickte mich an. »Ob Sie das jetzt glauben oder nicht.«

»Ich glaube Ihnen, Frau Ernst. Ich glaube Ihnen wirklich.«

»Manchmal braucht man jemand zum Festhalten. Hanna und ich haben uns gegenseitig gestützt in den letzten Jahren, und in den letzten zwei Wochen hat es dieses Kind für mich getan. Manchmal ist ein Anderer das Maß aller Dinge.«

»Ich werde die Geschichte meinem Bruder erzählen, wenn ich darf. Aber ich glaube, jetzt habe ich eine kleine Überraschung für sie.«

Ich öffnete die Tür und Martina und Frau Meerkatz kamen herein.

»Eva – Maria!«

Ich ging nach draußen, um ein paar Worte mit dem Arzt zu wechseln. Frau Ernst Zustand war stabil, sie war etwas geschwächt durch die ihr verabreichten Sedativa und er wollte sie bis nach den Feiertagen zur Beobachtung da behalten.

Martina kam hinzu. »Frau Meerkatz würde gerne noch ein wenig bei ihrer wiedergefundenen Cousine bleiben. Ich habe den Eindruck, es tut beiden gut.«

Ich klärte den Arzt über die Zusammenhänge auf und er nickte zustimmend.

»Ich schaue in einer halben Stunde rein und dann sehen wir weiter.«

Wir bedankten uns und versuchten, dem Labyrinth des Großhaderner Großklinikums wieder zu entrinnen.

»Und jetzt?« Ich legte einen Arm um Martinas Hüfte. »Hast du schon etwas vor heute Abend?«

»Ich bin nicht so der Weihnachtstyp. Ich möchte ein Glas Wein trinken und eine Reiseerzählung aus dem letzten Jahrhundert lesen.«

»Den Wein könnten wir auch bei mir trinken.«

»Das könnten wir.«

»Vielleicht finden wir sogar noch etwas zu essen.«

»Das glaubst du ja selber nicht. Wir könnten zu Theo gehen.«

»Theo hat Heilig Abend zu.«

»Hm.«

»Wir finden schon etwas. Meine Mutter war eine gute Lehrmeisterin.«

»Lehrmeisterin für was?«

»Kochen.«

»Du willst doch nicht behaupten, dass du kochen kannst?«

»Doch, und mit ein wenig Glück treiben wir am Hauptbahnhof noch ein paar Sachen auf, mit denen ich etwas anfangen kann.«

Wir hatte Glück, so dass es zu einer Flasche Côtes du Rhône tatsächlich etwas Akzeptables zu essen gab. Ich überredete Martina sogar, mit mir in die Christmette zu gehen. Einen Platz in der ersten Reihe ließ sich Jean-Baptiste nicht ausreden, aber so konnten wir das Kind in der Krippe sehen. Wie es da so im Stroh lag, wirkte es gar nicht mehr so hässlich, sondern klein und strahlend zugleich, so wie ein Christkind eben aussehen soll. Vielleicht war ja doch dieses Kind das Maß aller Dinge.

Jean-Baptistes Predigt zum Thema ‚Einander Halt geben‘ war übrigens gar nicht schlecht. Die Kirche war recht still am Ende.

Epilog

Als ich den roten Wuschelkopf neben mir am nächsten Morgen flüsternd fragte, ob es Tee oder Kaffee sein sollte, bekam ich nur ein undeutliches Murmeln zu hören. Ich würde es mit einem doppelten Espresso versuchen, meines Erachtens der beste Weg, wach zu werden.

Später gingen wir zum Mittagessen zu Theo - Jean-Baptiste hatte für den Nachmittag Plätzchen angedroht. Theo begrüßte uns mit einer Umarmung.

»Frohe Weihnachten, Kinder, schön, dass ihr da seid. Ich hab euch euren alten Platz freigehalten.«

War doch gut gewesen, dass ich angerufen hatte.

»Wisst Ihr, was: ich habe das Rätsel um die Zeugen der Nacht gelöst.«

»Du hast was?«

»Na, erinnerst du dich nicht mehr? Die Typen, die ich dir beschrieben hatte in der Nacht, als diese Frau umgebracht wurde.«

»Ja, Theo, und?«

»Na, die waren hier. Gestern zum Mittagessen.«

Martina und ich schauten einander verständnislos an.

»Theo, das ist völliger Unsinn. Wir haben die Schuldigen

vorgestern Abend verhaftet.«

»Ja, aber ich meine die, die ich gesehen hatte, und das waren gar nicht die Schuldigen. Das war ein Ehepaar, das einen japanischen Geschäftsfreund mit nach Hause nahm, weil er etwas zu tief ins Glas geschaut hatte.«

»Und woher ..?«

»Na, eure Ermittlung stand in der Zeitung und im Gespräch haben sie erwähnt, dass sie genau in dieser Nacht hier unterwegs gewesen sind.«

Ich schaute Martina an.

»Tja, Bene«, meinte sie, »so viel zu deinem Bauchgefühl.«

Thomas Michael Glaw

Schuld und Verführung

Benedict Schönheits zweiter Fall

An einem Montag stürzt ein Student vom Balkon und stirbt. In seinem Apartment findet die Polizei Rauschgift. Ins Zentrum der Ermittlungen rückt ein Seminar zur deutschen Romantik, dessen Dozent, und eine junge Frau, Kriminalrat Schönheit aus seiner Jugend kennt.

Benedict Schönheit und seine Mitarbeiter ermitteln in einem Gewirr persönlicher Beziehungen, als ihnen ein weiterer Todesfall verdeutlicht, dass sie nicht nur auf den Spuren der Romantik unterwegs sind.

Mach dir kein Bild

Benedict Schönheits dritter Fall

Eine Unbekannte ersticht den Direktor der berühmten Alten Pinakothek mitten in der Nacht vor einem angeblichen Vermeer. Dr. de Rijk pflegte ein offenes Haus in München Schwabing, auch was seine Geliebten anbelangte. Sein Bruder leitet eine Gemäldegalerie in Amsterdam und interessiert sich außerordentlich für einige Bilder und Unterlagen.

Frauen und Gemälde führen Kriminalrat Benedict Schönheit in das Leben eines kühl rechnenden Charmeurs, der sich am Ende doch verkalkuliert hat.

Der Tod der Liebenden

Benedict Schönheits vierter Fall

Cynthia Roberts, eine der besten Mezzosopranistinnen der Welt, wird in ihrer Garderobe ermordet aufgefunden, während Kriminalrat Benedict Schönheit und seine Mutter die Pause nach dem ersten Akt von Mozarts „Così fan Tutte" genießen. Gerichtsmediziner Dr. Orthuber nimmt den Geruch von Bittermandel wahr und kann eine weitere Tote gerade noch verhindern.

Benedict Schönheit und sein Team spüren Liebenden, Leidenschaften und Hass in der Münchner Oper nach.

Dieser Roman erscheint im November 2019

Alle Bände sind auch als E-Book erhältlich.

Thomas Michael Glaw, geboren 1957, studierte in München Germanistik und katholische Theologie. Seit 1989 leitet er ein Institut für Sprach- und Kommunikationstraining in München.

Sein schriftstellerisches Werk umfasst neben Kurzgeschichten, Reiseerzählungen und Gedichten vor allem Kriminalromane. Als Fotograf bestimmt das städtische Leben und Architektur seine Arbeiten. Fotografie und Lyrik verband er erstmals in dem Band „Strandgut."

Arno Kerr

Kreuzbube

Friedrich von Coes erster Fall

Kriminalhauptkommissar Friedrich von Coes erwacht schweißnass. Wieder hat er den Tod eines Menschen geträumt. Die Hilfe von Psychologen und das skeptische Lächeln seiner fünfzehnjährigen Tochter vermochten den erfahrenen Kriminalbeamten nicht von seinen Albträumen zu erlösen.

Der erste Tag im regulären Dienst steht an, nach ermüdenden Wochen im Innendienst. In einer Brauerei findet die Frühschicht eine Leiche. Was als vermeintlicher Unfall begann, entwickelt sich zu einer Familientragödie.

Freier Fall

Friedrich von Coes zweiter Fall

Kriminalhauptkommissar von Coes steht am frühen Morgen vor der Leiche einer jungen Frau, die vom Turm der Kreuzkirche gesprungen ist. Ihre Mutter hat schon vor Jahren ebenfalls Selbstmord begangen, ihr Vater ist verschwunden.

In einem ihrer schwierigsten Fälle spüren Kriminalhauptkommissar Friedrich von Coes, die junge Kommissarin Hanna Wolkenstein und das ganze Team den Folgen von Missbrauch nach und decken einen Mord auf.

Dieser Roman erscheint im Frühjahr 2020.